オルフォード

ルシエル
リディア

ナディア
エリナス

broccoli lion
著：ブロッコリーライオン
イラスト：sime
9
聖者無双
せいじゃむそう
Eccentric priest and the Training to the death
サラリーマン、異世界で生き残るために歩む道
GC NOVELS

十章　空中国家都市ネルダール

CONTENTS

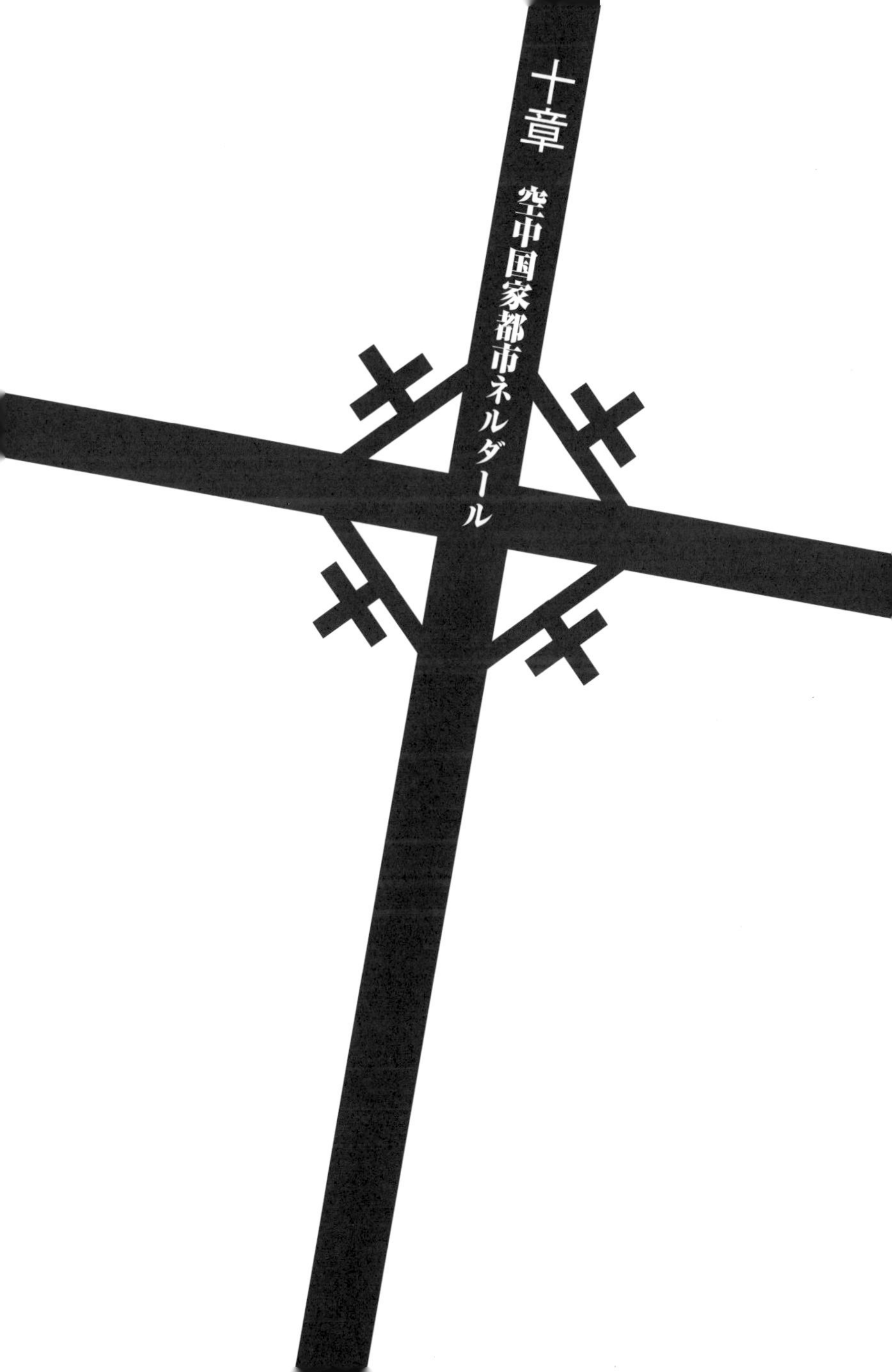

十章　空中国家都市ネルダール

01 魔術士ギルドの長

教皇様に転送してもらい空中国家都市ネルダールにやってきた俺たちは、転送先である部屋の装飾にしばし放心してしまっていた。

「もう天空に浮かぶあの都市にいるんですよね……。本当に綺麗です」

思わずリディアが口に出してしまうほどに、その装飾は美しかった。ナディアも声には出さないが、警戒しつつも興味深そうに部屋の中を眺めている。

まず俺の視界に入ったのは、宝石が鏤(ちりば)められたような輝きを放つ大きなシャンデリアだった。そのシャンデリアの放つ輝きに惹かれるように見上げると、今度は天井に万華鏡を連想させる絵画が描かれていることに気づく。

一度冷静になろうと視線を下げれば、光を反射させて暖色に輝く継ぎ目が全くない壁だ。外からの光も取り込めるように上部には幾つもの窓が取り付けられているため、部屋全体が輝いているように感じる。そして、部屋には洗練された調度品の数々がバランスよく配置されているのだ。これが調和しているということなのだろう。と、いつまでもそうしているわけにはいかないので、【入り口】と書かれたプレートが掛けられた扉を開いてみる。

すると、そこには意匠をこらして造られた廊下が一直線に延びていた。

今居るこの煌（きら）びやかな部屋とは違い、どこか圧倒されるような妙な感覚があり、自然と気を引き締めさせられる。

俺は軽く息を吐き出してから廊下へ足を踏み出すと、敷かれていた絨毯が思っていたよりも厚く、完全に足音を吸収した。

前世でも消音カーペットの上を歩くことは多かったが、これだけ高級感のある絨毯の上を歩くことはなかったので、少しだけ緊張する。

もしかすると何か狙いがあるんだろうか？　……そんなことを考えながら歩を進めると、廊下の壁に照明の魔道具が不自然に設置されていることに気がついた。

どうやら設置している目的は足元を照らすためのものではなく、壁に描かれた絵をライトアップするためのようだった。

その壁に描かれているのはどれも抽象画らしく、それらの絵が何を表現しているのか残念ながら俺には分からなかった。

俺に分かったことは、途中でこの廊下に感じた妙な圧迫感の正体ぐらいだった。

そうこの圧迫感は、進むにつれ天井が徐々に低くなっていることが理由だ。

ふと後ろを振り返ったとき、その圧迫感が消えたことで気づけた。

たぶん、沈む程の厚い絨毯も仕掛けの一部なのだろう。

まぁ、この仕掛けが何のためなのかまでは分からなかったけど、一つ謎が解けたおかげで壁画をゆっくりと見ながら進む余裕が生まれた。

そして二人と抽象画について話しながら進んでいくと、百メートルぐらい行ったところで存在感のある重厚な扉が俺達の行く手を遮っていた。

この扉は押せばいいのか、それとも誰かを呼び出す魔道具があるのか、そんなことを思案しながら近づいていくと、扉が重そうな音を立てながら自動で開いていく。

その様子にナディアとリディアは驚きの声を上げたけど、俺はさすがレインスター卿だと、思わず笑みがこぼれた。

扉を通り抜けると、右手側から自然な光が射し込んでいることに気がついた。

視線を向けるとそこは壁ではなく、この世界では珍しい透明なガラスで覆われており、その先には雲一つない青空が広がっていた。

「凄い開放感だな。廊下にも圧倒されたけど、この景色は別格だ」

「この景色を見ることが出来ただけでも、同行させていただいた甲斐があります」

「ええ、お姉様の言う通りです。でも私はネルダールがどうやって空高く浮かび続けているのか、その不思議を解き明かしてみたいです」

ナディアとリディアに同行してもらったのは完全に俺の都合だったから、二人の言葉で少しだけ気が楽になった。

「ネルダールを上空へ浮かべたのはレインスター卿だから、その関係者か魔術士ギルドの長が知っているかもしれないね」

「出来たらお話を聞いてみたいです」

「先方の都合にもよるけど、治癒士へ戻る術を探すとなると時間もかかるだろうから、その間に聞いてみるといいよ」

「ルシエル様が大変な時に……申し訳ありません」

リディアと一緒にナディアが頭を下げるが、全く気にしていないから逆に気まずい。

「気にしなくていい。基本的に何かを手伝ってもらいたい時を除けば、自由にしてもらった方がこちらも気が楽だから」

俺がそう告げて前方に見える扉へ近づいていくと、それも自動的に開いていく。

そしてその先には様々な花が咲き誇る庭園が広がっていた。

「これも凄いな。ここまで整備されている庭園なんて初めて見る」

「確かに凄いですね。これだけの庭園を美しく保つなんてどれほどの庭師が働いているのでしょうか」

「お姉様、エルフ族の方々がいるのかもしれませんよ」

リディアは嬉しそうな声を上げ、ナディアはその天真爛漫な様子に微笑んでいた。

どうやらリディアは精霊使いだからか、エルフに対して関心があるみたいだ。

ネルダールで力を取り戻したら、久しぶりにイエニスへ行ってみてもいいかもな。

「さてと、この後はどう進めばいいのか……あの大きな建物を目指せばいいのかな」

あまりに見事な庭園に注視してしまっていたが、前方には遠目にも存在感のある巨大な建物が建っていた。

「きっとあそこが魔術士ギルドだと思う。この先から強い魔力を感じるし、まずはあの建物を目指そう」

「「はい」」

庭園には順路が示されていたため、迷うことなく進むことが出来た。しかも、ずっと景色が変化していくため飽きがこず、とても楽しめた。

ネルダールの、来訪した者達を楽しませる趣向に感動しつつ、歩を進める。

落ち着いたらイエニスでおもてなしの方法を考えてみても面白いかもしれないな。

しかしこの順路表示がなければ、まるで迷路の中を歩いているようだ。もしかしたら緊急時には、本当に迷路になるのかもしれない。

そんな想像をしていると、ようやく目的地である建物へと到着した。

冒険者ギルドや治癒士ギルドのような建物とは違い、まるで砦(とりで)みたいな印象を受ける。そしてここにも自動扉が設置されており、中へ入るとネルダールへと転送されてきた時にも見たのと同じような煌びやかな空間が広がっていた。

正面には小さな受付があり、その受付の左右には進む道があり、左の入り口には下へと向かう階段、右には上へと向かう階段が設置されている。

だが、気になるのは受付の奥に見える部屋だ。どうやらそこは書庫らしく、本が並べられたいくつもの棚がずっと先まで続いているようだった。

あれだけの書籍があるのなら、俺の力を取り戻す方法を記した本が見つかるかもしれないと期待が

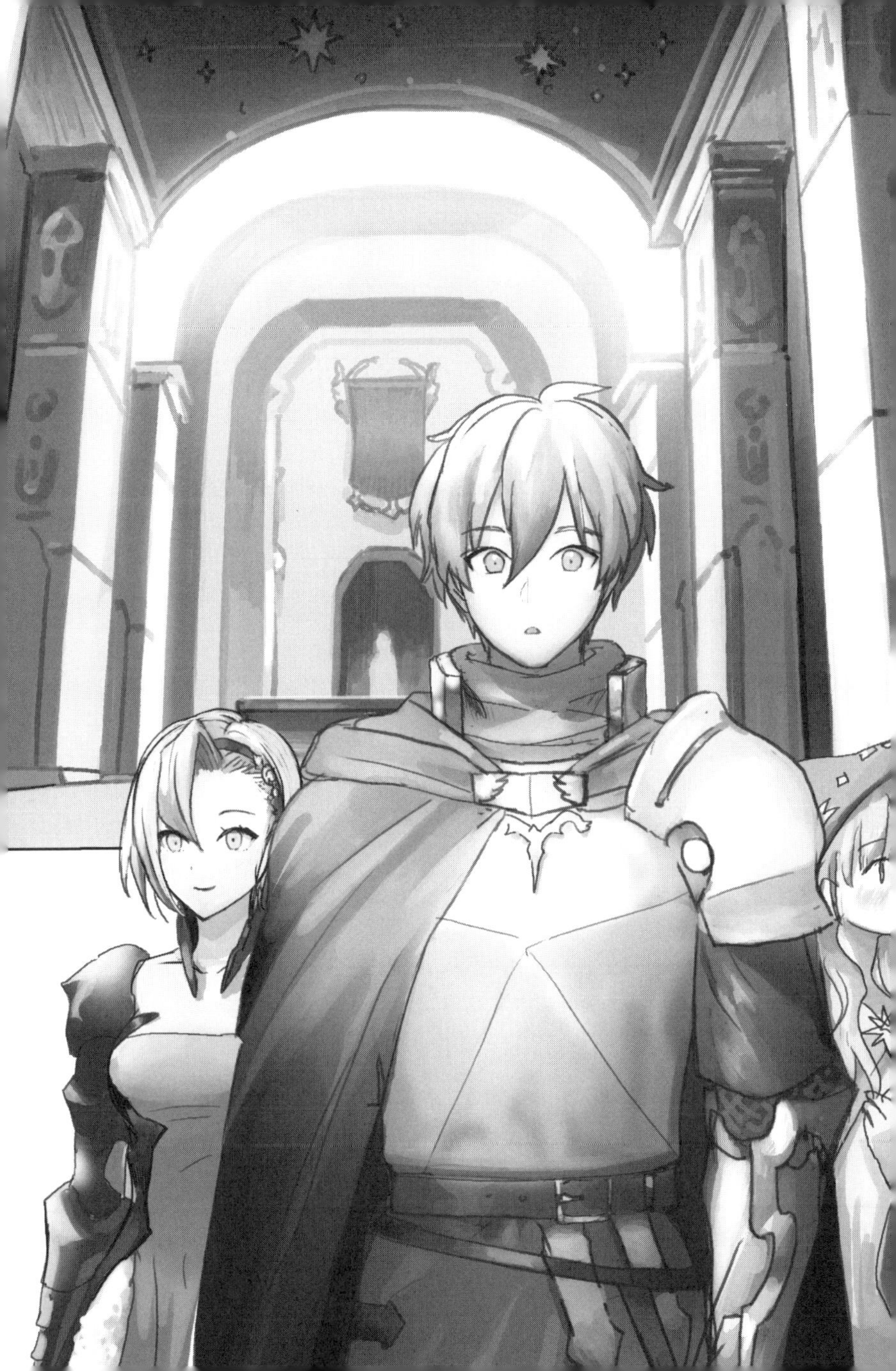

湧く。

「面白いな……。受付に行こう」

「「はい」」

二人と共に受付へ向かうと、奥の書庫からメガネをかけた三十歳前後の人族の女性が出てきたので、こちらから声をかけることにした。

「聖シュルール共和国から参りました治癒士のルシエルです。二人は私の従者となります。教皇様から魔術士ギルドの長への手紙を預かっているのですが、ギルドの長へお取り次ぎいただけますか？」

「畏まりました。少々お待ちくださいませ」

書庫から出てきた女性はそう告げると、魔通玉で連絡を取り始めた。

それにしても連絡の取り方は聖シュルール教会本部と変わらないみたいだった。手持ちぶさたなので、女性の話が終わるまで魔術士ギルドの内部を眺めることにした。

すると所々に案内表示のプレートが垂れ下がっていることに気がついた。

こんなに見取り図があれば迷子にはならないだろうけど、携帯用のものも欲しいな。

そう思ったタイミングでどうやら話が終わったようだ。

「お待たせいたしました。直ぐ案内の者が参ります」

「そうですか。ありがとうございます。ところで質問があるのですが、よろしいでしょうか？」

「ええ、お答え出来る範囲内のものでしたら」

「ありがとうございます。それではこの魔術士ギルドの見取り図や、ネルダールの全体を把握するための案内図などはありませんか？」

「はい。御座いま（ござ）す。ただし有料となりますが……」

これだけの施設を維持するとなると、維持費も相当な額が掛かっているのだろう。しかし無償でも施設を利用することは出来るのだから、他に何か思惑があるのかな。考えられるとすればサービスの質や施設の利用制限が緩和されるとか……。まさかこういう形式にすることで各国家が見栄の張り合いでお金を出すとか、個人で支出することで選ばれた者だけが利用するみたいな格式を維持しているなんてことは……。

まぁ想像するよりも聞いてしまった方が早いか……。俺はそう切り替えて料金を聞くことにした。

「ええ、構いません。おいくらですか？」

「ネルダール全体が分かる書籍が金貨十枚、魔術士ギルドの案内図が記載されているものは金貨五枚となります」

日本円換算だと、一千五百万……まぁ払えるけど、それにしても高いな。

こうなるとかなり物価も高そうだ。これは魔法袋を持っていることに感謝しないとな。

「それでは両方ともお願いします」

俺が金貨十五枚を払おうとすると、その行動に驚いたのは受付の女性だった。

まさか高額な地図を買うとは思っていなかったのかもしれない。

それにしても金貨での支払いがあるということは、外部との取引もあるんだろうな。

リディアではないけど、空に浮いている以外にも不思議なことや知らないことが多くあるということに少しだけワクワクしてきたな。

もしかしたら書籍と案内図を両方とも購入した場合に限り、何らかの特典があるのではないかと期待したけど、それは虫が良すぎたか。

「……よろしいのですか？」

「ええ。どれぐらいになるのかは未定ですが、場合によっては長期滞在になる可能性もありますから。それに地図がないと少々不安で……」

各国から派遣された一部の天才や奇才、もしかしたら権力者もいるかもしれない。そんなところで迷子になって、他国の関係者と衝突したりするのは避けたいしな。

恐る恐る聞いてきたので、笑顔でそう答えると、何処か安心した様子でハードカバーの本と薄い冊子を手渡された。

地図だから広げるタイプのものかパンフレットを想像していたから、B5サイズの書籍はさすがに驚いた。まぁ薄い冊子はさすがにパンフレット状のものだったけど……。

「こちらがネルダールの全体が分かるようになっているもので、こちらが魔術士ギルドの案内図兼魔導書庫のフリーパスとなります」

パラパラとページを捲りながら見ていくと、ところどころ空白も目立つが、各施設の正しい使い方や、何故その施設が出来たのか等々が事細かに記載されているようだった。

こういうのはケフィンが好きそうだし、これをお土産として渡したらきっと喜ぶだろうな。

「この案内図を先ほど魔導書庫のフリーパスと仰いましたか？」

「はい。この魔術士ギルドを訪れて、ギルドの案内図を買う方は殆どおりません。せっかく買ってくださったのにそれだけでは面白みに欠けるとの発想から特典をご用意されているのです」

「それが魔導書庫のフリーパス？」

「はい。魔導書庫の入場券は内部で販売されていますが、一日金貨五枚になっていますので、こちらに長くいらっしゃるのであれば大変お得になっています」

「そうなのですか。それを考えたのは？」

「このネルダールの建国者と魔術士ギルドの当時の長だったお方ですね」

レインスター卿はこのネルダールを観光地にするつもりはなく、本当に学びたい人だけを集めたかったのかもしれないな。

そう考えた時だった。左側にある階段を駆け上がってくる音が聞こえてきた。

それから間もなく女性が現れたのだが、その姿を見て驚いた。

階段を駆け上がってきた女性が、受付の女性と瓜二つなのだ。

双子？　そう思っていると、直ぐに真実が分かった。

「お待たせしましたギルドの長、お客様ですよね？　って、何で私に化けているのですか!!」

女性は自分と同じ顔の受付の女性を見て一瞬驚いた表情を浮かべると、一拍おいて怒り出した。

「ふぉふぉふぉ。聖都の教皇様からの依頼じゃったのでな。さて諸君、儂が魔術士ギルドの長をしておるオルフォードじゃ。ここでは何だから部屋へ案内しよう」

そう言ってオルフォードと名乗った女性は俺たちを促すと、階段を上ってきた女性が身体をソナワナと震えさせて声を上げる。

「そんなことより、私に変身したままは止めてください！」

「仕方ないのぉ、解ッ！」

そう唱えると、白い煙がオルフォードさんを包み込み、直ぐ消えた。

そして現れたのは今まで応対してくれていた女性ではなく、くすんだ青色のローブを身に纏った、白髪で長い白髭を顎に蓄えた好々爺の姿だった。

唖然とした。オルフォードさんが姿を変えた魔法は、以前に俺が強く望んだものだ。

これは聞かずにはいられない。

「……あの、今の魔法は何属性魔法なんでしょうか？」

「水属性と火属性を重ね合わせた混合魔法じゃよ。さて、行こうかのぉ」

なんてこともないように言うギルドの長。伝説の魔術士ギルドの長ともなれば、その力も伊達ではないということだろうか。

そんな実力者に師事することができれば、聖属性魔法も戻るかもしれないと期待が膨らんだ。

「私は何で呼ばれたんですか？」と言う受付さんを無視して先導するオルフォードさんに連れられて階段を上ると、今までの煌びやかな趣とはガラッと変わり、何処か洗練された印象を受けた。

「ここが儂の部屋じゃ」

俺達は案内されるがまま、オルフォードさんの部屋に入る。

オルフォードさんは入って直ぐの応接セットを素通りし、奥にあった姿見の前で立ち止まる……ことはなく、鏡の中へと吸い込まれていってしまった。

「はっ？　消えた？」

「『消えました？』」

俺達が唖然とした表情でいると、鏡の中からオルフォードさんが悪戯（いたずら）っ子のように顔だけを出してきた。

「ふぉふぉふぉ、驚いたか？　これは魔法の鏡なのだぞ。魔力認証した者とその許可を得た者しか入ることの出来ない特別な鏡なのだ」

「……もしかして戻ってきたのは、許可をし忘れていたからですか？」

「……ふぉっふぉっふぉ。細かいことはいいからついて来るのだ」

そう言い残して再び鏡の中へと消えていった。

どうやらオルフォードさんはとてもお茶目な性格らしい。でも、もしかするとこちらの緊張をほぐす目的もあったのかもしれない。

俺はそんなことを思いながらナディアとリディアに声をかける。

「完全に忘れていたんだろうな」

「ご高齢の方ですから、物忘れの一つや二つはありますよ」

「悪戯好きかもしれませんが、悪意は感じませんでしたよ」

どうやら二人の緊張はオルフォードさんの狙い通りにほぐれたらしい。

ただ俺はこのネルダールへとやって来てからずっと何かを試されている気がしていた。

とりあえず平常心を保とうと一度深呼吸した。

そして心を落ち着けてから鏡の中へと向かうことにした。

「……それじゃあ、ついて行こうか」

俺は念のために鏡へと手を伸ばしてみると、抵抗もなくそのまま中へと吸い込まれていく。

そのままゆっくりと鏡の中へと進入して行くと、出た場所は家具の配置は反転しているものの、先程と同じくオルフォードさんの部屋だった。

「ここは？」

「遅かったの。こちらが本当の儂の部屋じゃな。あっちは偽物（フェイク）じゃ。たまに無断で入って来るマナーの悪い輩（やから）がいるので備えておるのじゃ。さぁ、こちらの席へ着いて寛（くつろ）ぐとよい」

二人も直ぐに追って来たところで、ソファーを勧めてくれた。

「ありがとう御座います」

ナディアとリディアが俺の席の後ろに立とうとしたが、一緒に席に着いてもらうことにした。

「改めてご挨拶させていただきます。治癒士ギルドでSランク治癒士を名乗っているルシエルと申します。今回はお時間を作っていただき感謝いたします」

「ふむ、固いのぉ～、もう少しリラックスしてフランクに接してくれても構わんのだぞ」

オルフォードさんからそう告げられ、自分でも知らない間に心に焦りの感情が芽生えていたことに気がついた。

好々爺のような表情の奥で光るその目に、全てを見通されている気がする。

「……お気遣いありがとうございます。これから親しくなれば甘えさせていただきます。それとこちらが教皇様から預かってきた手紙です」

「ふむ、預かろう。ただその前に紅茶はいかがかな？」

「はい、いただきます」

「ふぉ、ふぉ、ふぉ。暫し待たれよ」

笑顔を絶やさないオルフォードさんが一旦席を立ち、簡易キッチンで紅茶を淹れ始める。

それを見計らってリディアが声をかけてきた。

「……あの全てを見透かそうとする目は、鑑定スキルかも知れませんね」

「確かにその可能性はあるかも知れないわ」

ナディアがそれに応じるが、俺はそれを否定する。

「オルフォードさんが鑑定スキルの所持者なら俺が会うのは三人目だ。でも俺は鑑定スキルではなく、もっと他の……その人の本質を窺うような視線だった気がする」

レインスター卿やブラッドから鑑定を受けた時は、その間ずっと見られている感覚がした。だけど、オルフォードさんからはそんな印象を受けなかった。

「本質ですか？」

「ああ。俺がどういう人間か観察されているという感じに近いかな」

どこかで同じような印象を受けたことがあった気がする。しかし、それがいつだったのかイマイチ思い出せない。

「まぁ、俺がそう感じるのは治癒士ではなくなったからかもしれない。色々と感情や思考にも変化が生じているんだ」

「ルシエル様……」

「自分が焦っているということに気づけただけでもよしとするよ。どちらにしろ、オルフォードさんと比べればまだまだひよっこなんだ。だから成長する伸びしろがあると思っておこう……」

リディアが心配そうにしているので、自虐的におどけてみるが、あまりうまくいかなかった。ただ少し自分のことを整理することが出来たかもしれない……。

それが分かったのか、ナディアは少し考えるような素振りを見せると、確かめるように口を開いた。

「オルフォード殿がルシエル様の何を見て判断するのかが気になりますね」

「気になるけど、なるようにしかならないという感じかな」

「でも、そう考えられるようになったということは、ルシエル様も落ち着かれてきたってことですね」

「そうかもしれないな」

二人と話をして落ち着いてきたところで、オルフォードさんが紅茶を運んできてくれた。

「待たせてしまったかの?」

「いえ、お陰様で落ち着くことが出来ました」

「ふむ。それでは手紙を読むから、紅茶を飲んでいてくれ」

「はい」

紅茶を受け取り、教皇様からの手紙を渡した。

オルフォードさんが手紙を読む間、折角なので紅茶を堪能する。一口飲んだだけで、華やかな香りが鼻から抜けていき、しっかりとした味でえぐみを一切感じず、大変に美味しいと思えるものだった。

どうやら二人も同じように感じていたようだ。

ただ俺としてはもう少しだけ甘みが欲しかった。緊張のせいで少し気疲れしていたのも原因だろう。

そこで、真剣に手紙を読むオルフォードさんの気が散らないよう、静かにハチミツの小瓶を取り出して紅茶に入れた。

ナディアとリディアも欲しそうにしていたので、二人の紅茶にも少しずつ入れてあげる。

ティーカップに口を付けた二人の幸せそうな顔をみるに、どうやら気に入ってくれたようだ。

安堵した俺がハチミツの小瓶を魔法袋へしまおうとすると、いつの間にかこちらを見ていたオルフォードさんと目が合ってしまった。

「それはもしかしてハチミツ……それもハッチ族のハチミツでは……ないかね？」

なぜか声が震えている。もしかして混ぜたことで怒ってしまったのかなと思ったけど、表情を見るとそういう感じではなさそうだ。

「ええ、ハチミツを使うのは駄目でしたか」

俺はハチミツの入った小瓶ごと渡してみた。

するとオルフォードさんは小瓶を確認しつつ、ハチミツの匂いを目一杯まで吸い込んだ。

「間違いないのだ。これはハッチ族の……これをどこで？」

「ハチミツ工場です。ハッチ族と懇意にしているので……。それで教皇様からの手紙には……」

「禁術の使用によるジョブと聖属性魔法の喪失……。ただし属性適性は失っていないから、何か治す手立てがあれば力になって欲しいと頼まれた。他にも少々書かれておったが……」

「そうでしたか。では、改めてお願い申し上げます。魔術士ギルドの長のお力をお貸しください」

「条件があるのだ」

「無理でないことなら、全て引き受けます」

「……ハチミツが大量に欲しい。そうすれば力になることを約束しよう」

「それなら大丈夫です。再び聖属性魔法が使えるようになった暁には、ハチミツ酒も一緒に贈らせていただきます」

「な、なんじゃと。それならばこうしてはおれん。魔導書庫へ参るぞ。儂が直ぐに聖属性魔法を取り戻す方法を探してやるからな」

「……はい。ありがとうございます」

物に釣られるとか魔術士ギルドは大丈夫なのだろうか？

少し不安になりながらも、聖属性魔法を取り戻すための強力な助っ人になってくれたことが有難かった。

02 驚愕

さっそくとばかりに席を立つオルフォードさん。俺達は見失わないようにその後に続く。

俺はもう一度鏡を通って、魔導書庫へ移動するのだと思っていたけど、オルフォードさんが向かったのは、鏡とは反対側の壁に飾られている大きめのタペストリーの前だった。

タペストリーにはイミテーションの魔法陣が描かれていた。

「まさか飾りではないんですか?」

「ふぉふぉふぉ。この魔法陣からひとっ飛びじゃぞ」

オルフォードさんはそう告げてタペストリーを取ると、そこには小さな扉があり、その扉を通り抜けると四畳ぐらいの小部屋があった。そして小部屋の床の中心には魔術士ギルドを象徴するかのような魔法陣の布が置かれていたのだが、その布をオルフォードさんが取ると、その下にはやはり魔法陣が描かれていた。

隠された小部屋の魔法陣が偽物で、その下に本物の転移魔法陣があるとか、変に手が込んでるな。まるで忍者屋敷を思わせるあたりレインスター卿(きょう)の影を感じる。

オルフォードさんは嬉しそうに魔法陣の上に立った。

俺達三人も続いて魔法陣に入る。

「そういえば、人数制限はないのですか？」

「制限はあるが短距離移動なので、十人程度であれば余裕で飛べるぞ」

その答えに安堵して、魔法陣の発動を待った。

すると直ぐに魔法陣が発光し、気づけば転移は完了していた。

魔導書庫は円柱状の部屋に作られており、壁に沿うよう本棚が並べられていた。今まで見てきた各街の図書館とは比べ物にならないぐらいの蔵書の多さだ。

受付の後ろに見えた書庫が魔導書庫かと思っていたが、まったくの思い違いだったようだ。この圧倒的なスケールに、驚きで言葉が出てこない。

「さぁ着いたぞ。制限のある書物の方は、儂が探して来よう。ひとまずお主等は、興味がある本があれば、それを読んでいるといい。それと、ここに出入りする人間は限られておる。誰かに何かを言われたら、儂の名前を出せばよい」

オルフォードさんはそう俺達へと告げるが、司書の方の気配はなく、どうやら今は無人のようだった。

もしかしたら気配や魔力を隠ぺいする方法があるのかもしれないけど、それならそれでその方法を探してみるのも面白そうだ。

でも魔術士ギルドなのだから、こういう場合は大抵ゴーレムとかが管理していそうなイメージなんだよな。

「分かりました。それで一つだけ質問なのですが、図書館ではなく、魔導書庫と呼ばれるのには何か理由があるのでしょうか？」

確かにこれだけの蔵書は壮観ではあるのだが、それだけで魔導書庫を名乗るのは少し名前負けしているように思える。

だから素直にオルフォードさんに問いかけたのだが、彼はただ笑いながら、奥の部屋へと行ってしまった。

その笑みが何を意味していたのかは分からなかったが、隣にいる二人が蔵書を見ながらそわそわしていたので指示を出すことにした。

「興味のある本を見てみるといいと、オルフォードさんも言ってくれてたし、基本的には自由に読みたい本を読んでいいのだろう。だから二人も今日は自分の興味のある本を読んでみるといい。今後も来ることになるけど、好きな本を読めるとは限らないからね」

「はい。ありがとうございます」

「これだけ蔵書があるなんて、どれから読むべきか悩みます」

二人は楽しそうに自分達の興味がありそうな本を漁（あさ）りに行った。

そんな二人を微笑（ほほえ）ましく見ながら、気を取り直して近くにあった椅子へと腰掛ける。

オルフォードさんが何も語ることなく笑みを浮かべていたのが、何となく引っかかった。もしかするとこの魔導書庫には何か仕掛けや秘密でもあるのだろうか？　そんな考えが頭を過（よぎ）った。

まぁそれは追々オルフォードさんに訊（き）いてみるとして、まずは、先程購入したハードカバーの地図と魔術士ギルドの冊子だな。ここへの出入りの鍵となっているそうだし。

そう決めて冊子を取り出しよく見てみると、魔法陣が刻んであることに気がついた。

この魔法陣が書庫に入る鍵となっているのかな。もしそうなら入出管理も出来るだろうし、セキュリティー対策にもなりそうだな。実際にこの冊子が本当に鍵となっているのかは、魔導書庫を出てから試してみないと何とも言えないけど……。それにしても冊子を鍵に出来るのであれば、もっと面白そうな仕掛けもありそうだな。

俺の想像だから当たっているかどうかは分からないけど、レインスター卿なら十分にありえそうだ。そう考えて楽しんでいる自分がいることに驚く。何となくレインスター卿がやったことだと想像するだけで楽しくなってくるから不思議だ。

レインスター卿が転移魔法陣を設置している様子や、それらの仕掛けに大騒ぎするドランやポーラやリシアンを想像するだけで、笑みがこぼれてくる。

ネルダールであれば、聖属性魔法を取り戻す方法だけではなく、色々なことを学び吸収して成長することが出来るかもしれない。と、そう思うだけで、期待に胸が高鳴った。

俺はそれを深呼吸で宥めると、魔術士ギルドの冊子を読み進める。しかし直ぐにある箇所で、目が留まった。

『何故、魔術士ギルドを空中に浮遊する空中国家都市ネルダールに置いたのか？』その副題が気になったのだ。

このネルダールが魔術士ギルドのために作られたのではないことを俺は知っている。

直接レインスター卿に聞いたから間違いない。

だったら何故？　続きを読むと、こう書かれていた。

空を制する者は戦場を制す。

……何処かで聞いたような台詞が引用されていた。

更にその続きを読むと、その言葉に当時の魔術士ギルドの長が深く感銘を受け、ネルダールにどうか魔術士ギルドを置かせて欲しいと勇者に頼み込んだとも記載されていた。

この勇者とはレインスター卿のことだろう。世間的にも勇者といえばレインスター卿と認識されている。

しかし、よくこの部分を削除しなかったな。レインスター卿はネルダールを隠れ家や秘密基地のように言っていたから、もっと自分の存在を隠していると思ったんだけど……。誓約みたいなことで縛っていたのだろうか？　そもそも治癒士の国を作るぐらいだから、あの人が他にも建国していても不思議ではないが……。

続きには魔術士ギルドをネルダールに置くことに対して勇者が条件を出したことが、その内容と合わせて記載されている。

それは、誰にも邪魔をされず、また誰にも迷惑をかけないことを望み、魔導を探求することを目的とする者のみ、入ることを許す、というものだったそうだ。

「これってロックフォードと、分野が違うだけで似ているな……」

レインスター卿がしたかったのは技術の独占なのだろうか？　これが本当なら魔術士ギルドと名前が付いてはいるけど、実際は魔導を探求する者達が日夜新しい魔法技術を研究するための施設だよな。

そう考えながら冊子を読み進めていくと、あらゆる研究がされている様子が記載されていた。

大きく分類すると【魔道具】【魔法】【魔法技術】の三種類で、後はさらに細かいカテゴリーに分類されている。しかもそれら全ての研究施設が細かく載っていた。

「危険な研究である程、ネルダールの下層で行われているのか……。もしかするとこの魔術士ギルドは……」

凄く嫌な予感がするが、当面はここで勉強することが、今後にとってプラスになるのではないかとも考える。

しばらくして冊子の方はだいたい目を通し終えた。

顔を上げて周囲を確認する。オルフォードさんはまだ戻って来ていない。ナディアとリディアは二人とも興味のある本があったようで、今は読書に集中しているようだ。

俺は視線を戻し、続いてネルダールの概要の書かれているハードカバーの本を読み始める。と、本を開いた時だった。

本から光が溢れ出し、立体映像が浮き出た。

「ようこそ空中国家都市ネルダールへ。私がこの天空に浮かぶ都市を作った勇者だ。出来れば私のロマンが分かる人であることを願う」

立体映像はそれだけの短いものだった。

「あの人って一体何がしたかったのだろう？」

何故か立体映像の顔をボカしていたので顔はよく見えなかったが、それでも以前ロックフォードで姿を見ていたので、立体映像が誰であるかは察することが出来た。

まぁ、考えていても仕方がないので読み進める。そこからは立体映像のような細工は施されておらず、ネルダールの全体像が分かる内容がこちらも事細かに書いてあった。

空中国家都市ネルダールは都市という割にはとても小さく、直径三キロの歪な球状をしており、深さは二キロ程あるらしい。

意外に小さいのでは？　そんな錯覚を起こしそうだけど、個人で所有する秘密基地を天空都市として建設したレインスター卿のロマンを感じる。

きっとレインスター卿がわざわざ天空都市にしたのも、何らかの意味があるのだろう。

たとえばこの天空都市が要塞としての機能を持っていた場合、まさしく戦場を制することが出来るかもしれない。超高高度からの攻撃に、他国の防衛機構は対応できるのだろうか。魔法のある世界なので、俺の知らない方法があるのかもしれないが、少なくとも容易ではないことは確かだろう。

実際この本に、ネルダールには強固な結界が張られていて、黒竜のブレスでも全く傷が付けられないと書かれていたのには驚いた。

ただでさえ上空にあるネルダールへの攻撃手段は限られているのに、こうなっては手が付けられない。

こんな天空都市が悪用された場合、世界はとんでもないことになってしまいそうだ。それぐらいオーバーテクノロジーだろう。

それでも、レインスター卿なら打ち落としてしまいそうだけど。

黒竜がどれだけ凄いかは見たこともないから分からないが、それでも赤竜と同等だと考えればやっていることがおかしい。それでも、あの人がおかしいのは今更だしな。

まさか黒竜の正体が実は闇龍だとかいうオチじゃないだろうな。

今までのことを考えると、そう思わずにはいられなかった。

さらにページを捲り、ある一文を見て俺は固まった。

〝このネルダールの防衛機能は勇者が練り上げた魔法陣によるものである。定かではないが、それを可能にしているのは、風の精霊、そして風龍と水龍の双龍が力を貸しているからだと伝わっている〟

「……聞いてないぞ！　ネルダールにいるのは風の精霊だけじゃなかったのかよ！」

俺は本に記載されていたその内容に、思わず声を張り上げてしまう。風の精霊だけでなく、まさか転生龍までいるのか？　さらに風と水だと？　二体もいるとなると……まずい、身体が震えてくる。

今まで転生龍と対峙した場合、半分の確率で戦闘となっている。その時、回復魔法がなければ俺の命はなかっただろう。

もし今転生龍と戦うことになったら……。背中に嫌な汗が流れる。

精霊とはまだ戦闘になったことがないから、ネルダールは安全な場所だと思っていた。

俺はこのモヤモヤッと湧き上がる複雑な感情を上手く処理することが出来ず、冷静ではいられなかった。

「ルシエル様、大丈夫ですか？」

「何かあったのでしょうか？」

そんな俺を見てナディアとリディアが心配そうにこちらへとやって来てくれたが、それが何とも悲しくて申し訳なくなった。

「うるさくして申し訳ない。治癒士ではなくなったからなのか、どうやら感情の起伏が激しくなってしまっているみたいなんだ」

もしかするとジョブには魔法だけではなく、他にも恩恵があるのかもしれない。

「そんなに無理して笑わなくても大丈夫です。私達はあなたの従者としてここにいるのですから」

「何でも言ってください」

二人が献身的であればあるほど、さらに申し訳ない気持ちになっていく。

「ありがとう。だいぶ落ち着いたし、少し考えたいことがあるから一人にしてもらえるかな。二人も折角の自由な時間なのだから、有意義に使って」

「分かりました。では、何かあれば仰ってください」

「何かあれば直ぐに駆けつけます」

「ありがとう」

少し冷たい言い方になってしまったけど、俺が大丈夫だと分かったからか、二人は自分達のいた場所へと戻っていった。

俺は何度か深呼吸してから、再びネルダールについて書かれた本へと目を落とした。

「あれ？　待てよ。もしかすると……」

俺は急いでページを捲る。

本によると魔術士ギルドはネルダールの中心にあり、それを囲むように東西南北に町があった。

「だったら噴水は？」

今度は魔術士ギルドの内部を記した冊子を手に取って調べてみると、思った通り魔術士ギルドには中庭があり、噴水が存在しているようだった。

「条件が全て揃っている……だったら、さっきの嫌な予感は」

頭の中では、ばらばらだったピースが次々と繋がっていき、いつの間にか揃っていた。

そこへ落ち込んだ姿のオルフォードさんが戻ってきた。

「すまない。禁術を使って失ってしまったジョブや魔法適性を取り戻す方法が載っている書物は見つからなかった……」

そう話すオルフォードさんに、俺は疑問に思ったことを訊ねてみることにした。

「オルフォードさん、知りたいことが二点あります」

「な、何じゃ？」

少しテンションが高かったからか、驚かせてしまったようだ。

気を取り直して、俺は二つのことを質問していく。

「本に記載されていた双龍がいたとして、彼らが転生してしまった場合、ネルダールが落ちる可能性はありますか？」

「ふむ。転生龍のことじゃな？　仮に倒してしまったとしても落ちるということはまずないじゃろうな。理由としては浮遊の魔法陣がこのネルダールの至る所に刻まれておるからな」

最悪のケースがなくなったことで安心した俺は、最後のピースを嵌（は）めることにした。

「例えば邪神級の呪いや封印を解く……そんな魔法や魔道具はありませんか？」

「そんなものは実在せんぞ。お主は何か危険なことでも企んでおるのか？」

無いと答えたオルフォードさんの表情は変わらなかったが、視線に威圧感が加わった気がした。

俺は言葉が足りなかったのだと焦る。

「言葉が足りませんでした。邪神に呪われたり、封印されたりしたら、解呪することができるかが知りたかったのです」

「そういうことか。普通には無理だろう。それこそ代償が必要になるかもしれん」

まぁ邪神とはいえ、神なのだからそうだろうな。

「もし仮にですが、転生龍が実在して傷を負っていたとして、俺が治癒士だった頃に回復させることが出来た傷であれば、同じように回復させられるようなポーションなどはあるのでしょうか？　そんな伝承でもいいのですが……」

エリクサーやソーマ、アムリタとか、そういう奇跡の回復があればと願ってしまう。

「実在するかも分からない転生龍に試したことがないから分からんぞ。まぁ、人生うまくいっていない時ほど焦るからな。変な妄想をする前にまずは知識を蓄えてみてはどうじゃな？」

「確かにそうかもしれませんが、それでも、失った力を取り戻す方法と、それに近いことが出来る秘薬が作れないかと考えてしまうのです」

「まぁ落ち着きなさい。教皇からはお主が幾つかの属性適性を持ったことを聞いている。もちろん失った力を追い求めるのは仕方ないと思うが、他の修練をしてからでも遅くはないだろう？」

オルフォードさんには何か考えがあるのだろうか。

俺がいまの時点で何を言っても、冷静になれと諭されているような感じがする。

確かにオルフォードさんの言葉には一理あると思うし、どうも俺自身が焦っているようにも思う。

治癒士だった頃と比べて感情の制御がうまく出来なくなっているのだろうか……気をつけないといけないな。

俺は失礼がないように一度頭の中をリセットしてから、オルフォードさんから勧められた内容の蔵書を手に取った。

「分かりました。他の属性魔法も試してみたいと思います」

まずはやれることからやっていこう。俺はネルダールで魔法の修行をしながら蔵書を読み漁ることに決めた。

「それがよいじゃろうな。この儂が講師を務めよう」

満足そうに笑ったオルフォードさんだが、他の属性魔法の勉強と修練を積ませることに何か理由があるのだろうか。

いつかその理由に感謝する日が来るかもしれない。そう思いながら、俺は手に取った蔵書を読み始めた。

03　発動しない魔法と隠し事

魔導書庫で勉強していると、魔法について分かりやすい本をオルフォードさんが色々と選んでくれた。

オルフォードさんは俺をじっと見つめると、俺の魔法の潜在属性の適性は聖、火、土、雷の四種類であると教えてくれた。

どうやらオルフォードさんは本当に鑑定スキルを所持しているらしい。

俺はオルフォードさんが鑑定ではなく、何か違う感じで俺を観察している気がしたので、勘違いしてナディアとリディアに伝えてしまったことが少しだけ恥ずかしかった。でも、確かに鑑定をされた以外にも何か違う感覚があったんだけどな……。

ともかく聖、火、土、雷属性は転生龍の加護と潜在属性の適性が被っている。もともとは持っていなかったはずなので、もしかしたら属性の適性は転生龍の加護とリンクしているのかもしれない。

そうなると、精霊の加護はいったい何の効果があるのだろう？　俺はそれがとても気になった。

オルフォードさんは俺の集中力が切れると、魔法の簡単な講義をしてくれた。

「魔法に大切なのは詠唱の理解を深め、事象を細部までイメージし、魔力を練って世界に干渉して発動させることじゃ」

その内容は、俺が最初にヒールを覚えるため、そして熟練度を効率的に上げるために編み出した方法と同じだった。

「治癒士ギルドで受け取った初級の魔法書にも、同じようなことが書いてありました」

「魔法の基本じゃからな。イメージによっては詠唱を変えても発動する場合もあるしな」

「詠唱破棄や無詠唱で魔法が発動するのはそのためですよね？」

「うむ。ただイメージだけに頼り過ぎるのは危険じゃが、イメージが出来なければ魔法は発動せん。だからそのイメージを補助するために詠唱があるのだ」

「人それぞれ修練の仕方が違うということですね」

「うむ。熟練者になれば考えずとも魔法を発動することは出来よう。ネルダールで生活している間にしっかりと基礎から学ぶといい」

「はい！」

その後、講義が終わったタイミングで、俺は二人の潜在属性の適性もオルフォードさんに見てもらうことにした。

なんとなく競う相手がいた方が意見を言い合うことが出来て張り合いがあり、頑張れる気がしたのだ。

鑑定の結果、ナディアは雷と水と風の属性の適性を保有していて、リディアは基本四属性の適性があると分かった。

すると何故（なぜ）か鑑定したオルフォードさんが俺の時よりもやる気になり、二人の講師も引き受けると言い出した。

俺は断る理由もないので同意したのだが、なんと待っていたのは講義という名の朗読だった。

詠唱や魔法陣のことを教えてもらいたいのに、何故か本に載っている内容を延々と音読するだけなので、徐々に眠くなってきてしまった。

たまらず俺はオルフォードさんに質問する。

「自分に適性のある属性のレベルⅠの詠唱は全て覚えたので、何処か、誤って発動しても問題ない場所はありますか？」

「ふむ、確かに実戦も必要じゃな。では魔法訓練場へ行くか」

「良かった。訓練場があるんですね」

「いくら強力な魔法を放ち壊れたとしても、自動修復する魔法みたいな壁に覆われた魔術士ギルドの自慢である訓練場がこのネルダールが建国された頃からあるのじゃぞ」

オルフォードさんは嬉しそうに笑ってそう語ったのだが、俺はあのハードカバーの本に龍がいると書かれていたことがずっと引っかかっていた。そのため、自動修復する魔法の壁の話を聞いて、もしかするとこのネルダールがどこかの迷宮を改造して造られたのではないかとの考えに至った。しかし話の規模が規模なので、このことはこれ以上考えないようにしようと決めた。ただ、これでレインスター卿に訊きたいことが増えてしまったな。

「よろしくお願いします」

俺はこのネルダールと迷宮のことについて口にはしなかった。

口に出してしまえば、迷宮と邪神のことで頭がいっぱいになりそうだったからだ。

オルフォードさんの案内で魔導書庫を出て訓練場へと向かう間、俺はずっと考えていた。

ナディアとリディアは仮にも貴族の令嬢だったのだから、魔法の適性があるかないかは分かっていただろう。

ただ思い返してみるとナディアが魔法を使ったところを見たことがなく、またリディアが精霊魔法以外の潜在適性のある属性魔法を使ったところも見たことがない。

適性があるのに魔法を発動しなかったのは、属性だけでなくジョブなど他の要素が関係しているのかもしれない。

それとも、成人の儀でジョブを授かるのなら、逆に、使用することが出来ていたスキルが劣化してしまうこともあるんだろうか？　そんな考えが頭を過る。

そんな中、規則正しい足音が耳に入ってきて、現実に引き戻された。

そして魔導書庫から歩いて一分程。部屋の扉をオルフォードさんが開き、中へと入っていく。

俺達も続くと、そこは瘴気こそ漂っていないものの、まさにボス部屋と錯覚するような嫌な圧迫感のある訓練場だった。

「どうじゃ？　かなり立派に造られているじゃろ？　ここならどんな魔法を放っても壊れることはないぞ」

「ありがとうございます。それでは魔法が発動するまで努力します。二人もまずはやってみようか」

こうして魔法の修練が始まったのだが、何度俺が詠唱しても魔法は当然のように発動しなかった。

初めてヒールを練習した時もこうだったな。

そう思い返し、少しでもこの修行を楽しもうと決意した。

属性適性があるのなら、直ぐに他属性の魔法も使えるようになるだろう……そう安易に考えていたからだ。

しかし、その期待は裏切られることになる。

属性適性のあるもの全ての初級魔法を、教えてもらった通りに通常詠唱、詠唱短縮、詠唱破棄、無詠唱、固有詠唱、魔法陣詠唱で試していった。

しかし一度も魔法は発動しなかった。

幻想杖はしっかりと俺の魔力を吸収し、発動の前段階である潜在適性のある属性の発光はするのだが、何故か魔法が発動しないのだ。

もしかすると幻想杖が反発しているのかもと杖を手放してみるも、今度は魔力が体外へ放出されることすらなくなってしまった。

「杖は俺の魔力を吸収していたんだから、何も持たずに魔力を外へ流せば、魔法が発動できると思ったが……」

俺は気を取り直して、［トーチ］という火属性の初級魔法を詠唱してみたのだが、やはり幻想杖が緋色に発光しても、魔法が発動することはなかった。

しかし魔力が減っていることはステータスを見て分かった。それならと熟練度鑑定をしてみると、成長している適性属性は、一つもなかった。

まだ始まったばかりではあるが、これは自分の力だけでは打開できそうにない問題だと感じた。俺は少し迷ったが、オルフォードさんにアドバイスを求めることにした。

「オルフォードさん。魔法を詠唱するとその属性の魔力が幻想杖に吸い込まれて発光するのですが、魔法を発動することは出来ませんでした。何かアドバイスをいただけないでしょうか？」

「体内の魔力はしっかりと操作されているし、制御のバランスも良い。しかし、詠唱をそれだけ続けているのにもかかわらず、魔法が発動しない者を見たのは初めてじゃ」

そんな当たり障りのない言葉を、悩み顔で首を傾げながら告げてきたのだった。

出来れば何か希望が見える助言が欲しかった。もちろん他力本願が過ぎるとは自分でも思うけど、やはり焦りからなのか、すぐに答えを求めてしまう。おそらくオルフォードさんの全てを見透かすような視線に、過剰に期待してしまっているのだろう。

それが気になってしまい、集中することがうまく出来ていないというのもあるけど。

しかし、オルフォードさんは俺に何を言うわけでもなく、魔法の修練をしているナディアとリディアへと目を向け始めた。

もしかすると才能がないと見限られたのだろうか？

不安になった俺はオルフォードさんへと話しかける。

「オルフォードさん、三つ……いや、幾つか質問がありますか」

「うむ。儂（わし）が知っていることなら答えよう」

オルフォードさんは質問されるのが嬉しいのか、満面の笑みを浮かべ、聞く姿勢になった。

さて、それじゃあ色々と疑問に思っていたことを訊いてみることにしよう。

「まず一つ目の質問なのですが、聖属性魔法以外の潜在属性で、治癒することが出来る魔法は存在しないですか？」

「あるぞ。光属性であれば攻撃、補助、回復と、全てを兼ね備えておる」

「光属性ですか……。確か勇者や幾つかの限られたジョブの方だけが授かる属性適性ですよね？」

さすがに光属性の適性があれば考えるけど、フォレノワールから得た光の精霊の加護では属性適性は得られなかった。おそらく光の転生龍の加護が必要なんだろうけど、光の転生龍とはまだ邂逅していないし、どこにいるのかも分からないので、いま考えても意味はないだろう。

光属性がないことが悔やまれる。他の属性にも治癒できる魔法があれば良かったんだけど……。それは求め過ぎなのだろうか……。

「よく知っておるな。だが、それは誤った情報じゃぞ。光属性の適性を持つ者は極端に少ないが、普通に存在するのだぞ。また、勇者のように全ての属性とは言わずとも、複数の属性魔法を保有することは珍しくもない。それは様々な文献にも書かれておる」

とても嬉しそうに話すオルフォードさんを見て、やはり魔法が好きだから魔術士ギルド長なのだろう、そう納得した。

だからこちらも構えずに話す方がいいだろうと意識を変え、全て直球勝負で質問をぶつけてみることにした。

「では、聖属性の適性がなくても聖属性魔法を再現することは出来ますか？」

「聖属性魔法を再現か……。光属性と水属性や風属性を混合させるなら可能かもしれん。じゃが、発動することが出来ないことには……」

確かに俺の場合、発動もしていないからな。自己回復することは出来るようになるかもしれないけど、出来れば元の状態に戻したいのが本音だ。

「過去に適性属性がなくなり、再び使えるようになった事例などでもいいのです。何かありませんでしたか？」

オルフォードさんは静かに首を横に振り、長い白髭(ひげ)を摘まむように触る。

「ふむ、古代魔法を研究していた国は、二百年程前に滅んでしまったから分からんな」

そんなに都合よくはいかないか……。

「まぁそうですよね……。では次の質問なのですが、俺がうまく複数の属性の魔法を扱えないのは、ジョブの影響を受けているからでしょうか？」

「それはない。ジョブ自体が変わったとしても、せいぜい魔力を多く消費するぐらいじゃからな」

オルフォードさんの顔には自信が満ち溢れていた。

だとするならば、俺が魔法を使うために何かが足りない、もしくは欠けてしまったのだろうか？　それとも龍の加護を授かって属性が増えたことが関係しているのだろうか？　考えることが多くて頭がこんがらがるな。

きっとその問題の答えはこの魔導書庫の中にあるはずだ。もっと魔法発動に関する情報が載っている本を探してみることにしよう。

とにかく考えることを止めている場合じゃない。

「最後の質問なのですが、この訓練場はどこか迷宮の最下層の主部屋に酷似している気がします。何かご存じでしょうか？」

そう訊ねると、一瞬だけだったがオルフォードさんの顔が固まり、明らかに強張ったのを感じた。

「ふむ。実際のところは分からないが、もしかすると迷宮を参考に造り上げたのかも知れんな」

しかし直ぐにいつもの笑顔を貼り付けて、この問いにはぼかして答えた。

「そうですか。ちなみにここと同じような訓練場はあといくつあるんですか？」

「……たしか三つだったと思うが、何故そのようなことを？」

「ここで調べたいこともありますから、当面の間は滞在する予定でいます。ただ、いつでも訓練場が使用できるわけではなさそうなので、お訊きすることにしたのです」

同じような訓練場があれば、そこに転生龍へと繋がる封印の門が現れているのではないか？　そう思ったのだが、この仮説は話す必要がないので、今回はぼかすことにしたのだ。

「そうか。どこのエリアも大体は魔術士ギルドの冊子をかざせば通れるから、安心してよいぞ」

「ありがとうございます。また何かあったら、質問させていただきます」

まずは魔法の発動の前に、魔導書庫の蔵書で勉強して、時間のある時に魔法の修練をするとしよう。

あとは機会があればレインスター卿の言っていた噴水を一度訪れてみよう。

俺はオルフォードさんに礼を言い、ナディアとリディアにオルフォードさんへ質問があればするようにと勧め、魔法の修練を再開するのだった。

04 過去の噂とその結果

訓練場で修練を始めて数時間、今まで頑張ってきたこともあり、魔力が枯渇(こかつ)することなく修練に励むことが出来ていた。

しかし、誰一人、適性のある属性魔法を発動することが出来ないでいた。進歩しているのかいないのか、魔力を高速循環する身体強化の要領で、湯気のように魔力だと思われるものが体内から立ち昇るようにはなった。ただ、これが幻想杖に魔力を流すのと、どちらが修練として正しいのか分からないでいた。リディアは精霊魔法を発動させることは出来たのだが、普通の属性魔法を発動することが出来なかった。

ちなみに二人は何度か魔力が枯渇して、魔力ポーションを飲んでいる。

そんな俺達を、オルフォードさんは黙って見つめているだけだった。

別にそれで気が散ることはなかったが、何かきっかけになるアドバイスをしてくれないかと視線を向けた時だ。

「ちょっといいかのぉ?」

「はい」

さっきとは違い真剣な表情をしたオルフォードさんが声をかけてくれたので、指導してもらえるのだろうかと期待しつつ声を上げた。

　しかし言われたのは俺が望んでいた言葉ではなかった。

「そろそろ昼の時間じゃぞ。昼食が終わったらお主達がこれから宿泊することになる部屋へ案内しよう」

「あ、はい」

　どうやら魔法のことで頭がいっぱいだったらしく、今日からこの魔術士ギルドに宿泊することすら忘れていた。

　どうも治癒士のジョブでなくなってから、視野が狭まったように思う。

　ナディアとリディアにも悪いことをしてしまった。

　それにしても何一つ形にならなかったな。俺は熟練度鑑定をしながら、この数時間がただ無駄に過ぎてしまったことを悟った。

　そのせいもあり、とてもイライラしていたのだろう。ずっと見ているだけで何の指導もしてくれなかったオルフォードさんの言葉を素直に聞けなかった。考えてみればオルフォードさんが俺の修練に付き合う理由も助言をする義理も本来はないのだが、どうしてもと焦る気持ちが負の感情を強めているのかもしれない。

　大いに反省しないと……。

　でも、言いたいことだけはしっかりと言って、俺のことを知ってもらいたい気持ちが強まった。

「オルフォードさん、もう少し魔法の修練をしたいのですが」

「あまり根を詰めると却って失敗するものじゃ。ついて来るのじゃ」

オルフォードさんはそう言って扉の方へと向かっていく。

師匠然り、ライオネル然り、目的のために徹底的に鍛え上げていく修行スタイルが身についている俺は、その飄々としたオルフォードさんの態度に固まってしまった。

それはグランドルの謀略の迷宮で一緒に訓練をしたナディアとリディアも同じらしく、困惑した表情で俺に意見を求めてきた。

「ルシエル様」

「どうされますか？」

二人の顔を見て思う。

きっと二人がいなかったら反発して、発動することのない魔法を修練するか、要因を探るために魔導書庫へ戻っていただろうな。

ただそんな態度を取るのは子供がすることだと、少しだけ冷静になった。

「……闇雲に修練を続けても意味がないことは分かったし、知識をつけるのが先だと思うから、今回はオルフォードさんに従おうか。それと改めてだけど、これから長い期間、二人にはお世話になると思う。だからよろしくお願いします」

「「はい。こちらこそよろしくお願いします」」

葛藤が顔に出てしまったのか、二人は顔を見合わせた後で笑って頷き、揃って返事をしてくれた。

俺もそれに頷き、オルフォードさんを追って訓練場を出るのだった。

オルフォードさんに追いついたところで、俺は冊子を魔法袋から取り出し、見取り図で現在地を正確に把握することにした。

見取り図によれば、どうやら魔術士ギルドの中に宿泊施設を含めた全ての施設が配置されていることが分かる。

その中心には噴水があり、最初にオルフォードさんと出会った魔術士ギルドの受付はその手前に描かれていた。見取り図は東西南北の区画に分かれているようだ。

俺達が最初に転移してきた部屋や庭園も記載されているのだが、注意して見るとどうも縮尺が一定ではない気がする。

これは見取り図があっても迷うかもしれないと思いつつ、今日から俺達が泊まることになる宿泊施設や食堂のある西の区画へと進む。

ちなみに東には売店や図書館、魔導書庫があり、北には魔術士ギルドの講義室があるらしい。

ただ、どうやら全ての施設が記載されているのではなく、空白になっている箇所も多い。俺達がさっきまでいた訓練場も記載されていなかった。やはり下手に見取り図を信じると迷うことになりそうだ。

それにしても見取り図の空白にネルダールにおける注意事項を記載しているのはどうかと思う。

例えば、受付左右にあった階段は、魔術士ギルドである程度の権限を持っていないと行き来することは出来ないらしい。

これを破ると罰金が発生するらしいが、この見取り図を見ていなかったら、そもそも違反かどうかも分からないだろう。

その違反だって、誰が取り締まるのかまでは書かれておらず、見取り図を眺めているだけで疑問が次々に湧いてくる。

ただ、そのことをオルフォードさんに訊こうにも、まずは宿泊施設に辿り着いてからになるだろう。

迷わないように視覚から得る情報を頭に叩き込むのに忙しい。

まぁ前世の職業柄、一度歩いた場所であればそうそう迷うことはないのだが、見取り図が頼りになりそうにない以上、自分用の簡易的な地図は必要だな。

すると俺の考えが正しいと言わんばかりに、まだ先まで続いていく一本道のはずの廊下に、見取り図には記載されていない階段が視界に入ってきた。

そしてオルフォードさんは何事もなくその階段の前でこちらへと振り返った。

「ここからは迷いやすいから、しっかり覚えておくといいぞ」

「そもそも見取り図には記載されていないのですが、この先はどういう場所なのでしょうか？」

「各国の宿泊施設や研究所じゃな。見取り図に記載されていないのは、各国で施設の入り口が違うからじゃ」

「なるほど。それで記載されていないのですね」

俺はそう口にしながら、少し残念な気持ちになった。

各国が互いに干渉したりされたりしないように配慮されているのはいい。

でも、その方法が原始的だったからだ。

あのレインスター卿ならばもっと近未来的な方法を……例えば虹彩認証や魔力認証など手の込んだことをしているだろうと思っていた。

でも、レインスター卿は既に存在していないのだし、自分勝手に求めすぎだな。

オルフォードさんは階段を下りながら施設を説明してくれる。

「ここからは魔道具や魔法に関する研究所になっていくのじゃが、下の階層ほど危険な研究が行われておる」

「それは何故ですか？」

「封鎖したり切り離したり出来るからじゃ。まぁ、下層ほど守りが強固であるというのが一番の理由じゃがな」

「なるほど」

ちなみにオルフォードさん曰く、十日に一度は立ち入り検査が行われているらしく、禁忌に抵触するような実験は跡形もなく消滅させてしまうらしい。

ただ、消滅させる方法などは教えてもらえなかった。

それから複雑な通路を進み食堂へ向かっていたのだが、徐々に違和感が募っていった。

「オルフォードさん、どうして誰ともすれ違わないのでしょうか？」

確かに各国で宿泊施設や研究所の入り口が分けられていることは聞いた。

しかし、ネルダールへ来てから俺達が会ったのは、オルフォードさんとオルフォードさんが変身していた女性だけだ。

　これだけの広い施設なのに職員にすら会うことがないのはさすがにおかしい。

「人と会わないルートを通って来ているのだから当然じゃろ。お主も人とはなるべく会いたくないのであろう？」

　もしかすると事前に人払いしてくれていたのだろうか。それなら有難い配慮だ。

「そういうことでしたか。申し訳ありません。また、ご配慮いただき感謝します」

「ふぉふぉふぉ。ただの嘘(ジョーク)じゃ。ここは聖シュルール共和国専用のフロアになっているのじゃが、ここ数十年は誰も来る者がおらんかったからの。十数年前に職員を配置するのを止めたんじゃ」

「それは納得ですね。使用されてないところへ人員を割いても無意味ですからね」

　オルフォードさんのどうでもいいジョークは置いておいて、数十年も誰も訪れていないとなると、色々と心配になってきた。

　管理はされているのだろうけど、建物は人が住んでいないと直(す)ぐに駄目になると言われているし、本当に大丈夫なんだろうか。

　せめて浄化魔法だけでも使えれば良かったのに……そう思わずにはいられない。

　それにしても聖シュルール共和国だけが数十年も利用していなかったネルダールか……。

　技術や研究で飛び抜けて遅れているとは聞いたことがないんだけど、もしかすると成果は各国で秘匿(ひとく)するものなのだろうか？

「うむ。まぁ、当時そのことを教皇様に告げた時は色々と大変じゃったがな」

「……そうですか」

当時のことを思い出したのか、オルフォードさんが哀愁を漂わせて遠い目をした。俺はその姿に少しだけ同情してしまい、必要以上の詮索を止めることにした。

そんなやり取りをしていたら、ようやく食堂が見えてきた。

中に入ってみると、幾つものテーブルとイスが並べられており、カフェテリアのようなイメージだった。

同時に三十人以上が食事することも出来そうな広さだ。天井も高く開放感があるので狭い印象を抱くこともないだろう。

厨房が透明なガラスで囲われていて、さながらライブキッチンのようになっていることには驚いた。

そんな俺達の様子を見ていたオルフォードさんだったのだが、どこか気まずそうな表情をしていた。

「この食堂を使用していいのですか？」

「うむ。調理器具や食材も一通りのものは揃っておる」

それならその気まずそうな表情はいったい？

「何か問題があるのでしょうか？　こちらでも出来ることは対応するつもりですから、何かあるのであれば言ってください」

「おお、そうか。実は職員の中で調理することが出来る人材が限られていてな……」

ああ、料理人がいないってことか。それは別に問題ない。

ただ、オルフォードさんの言葉や態度に少し違和感を覚えた。

俺はそのことについて、話の流れで訊いてみることにした。

「なるほど。食材があるのなら問題ありませんよ」

「そう言ってくれるなら有難い」

「ただ、先程から気になっていることがあるのですが、もしかすると聖シュルール共和国と何かトラブルでもあったのですか？」

そう感じた理由だが、ネルダールを訪れたいという意向を教皇様に伝え、ネルダール側へと打診してもらったのは俺が魔法を失ってしまう前のことだったからだ。

それだけの時間があったのにもかかわらず、何の返答もないまま職員が割り当てされていないというのは、何か特別な事情がない限りはおかしい。

「まさかこんなに早く気がつくとはな……」

「ネルダールの人口がそもそも少ないとも考えました。しかし、他に理由があるように思えたので」

今までも新天地でトラブルがなかったことなんてなかったからな。

「だいぶ昔のことなのじゃ。聖シュルール共和国は元々、治癒士ギルドの発祥の地として建国されたのじゃが、それを魔術士ギルドが良く思っていないと噂が流れたのじゃ……」

「それっておかしくないですか？　だって治癒士ギルドもネルダールも、興したのはレインスター卿ですよね？」

「うむ。しかし噂を信じる両国の一部の者達が暴走してしまったのじゃ。直ぐに噂は落ち着いたのじゃが、それでも聖シュルール共和国からネルダールを訪れる者は減っていき、ネルダールに住む者達も……」

なるほど。そもそも聖シュルール教会本部に迷宮が出現して半世紀、ネルダールに人材を送る余裕もなくなり、噂が真実味を帯びる結果になったんだろう。

やはり迷宮が出現したことで色々と影響が及んでいたんだな。

あとは魔術士ギルドの職員の中で、デメリットや不幸が重なっていたのなら、誰も聖シュルール共和国の担当にはなりたくないだろうけど……。

「もしかして聖シュルール共和国の担当だった方達がトラブルに見舞われてしまったなんてことは……」

「よく分かったのぉ。不正がバレたり、怪我をしたり、昇格試験に落ちたりしたのじゃ」

「全てはタイミングが悪かったたってことですね」

オルフォードさんは俺の推理を感心したように聞いて頷いた。

当時の聖シュルール共和国に関しては、聖属性魔法の他にも各属性魔法を操り、身体能力が高かったと語られている聖騎士や神官騎士がいたはずだ。

その絶対的なパワーバランスを崩そうとして、何処かの国が動いても不思議ではない……。

同じ時期にイエニスから治癒士ギルドが撤退しているし、聖シュルール共和国が何を考えているのか分からないように仕向けたかったのだろうか。

もしかすると、きっかけは少しでも困らせたいという小さな悪意だったのかもしれない。

しかし、タイミング悪くこれらのことが偶然に重なってしまい、事が大きくなってしまった……そう考えるのが自然だろう。

そのようなことはいつの時代、どこの世界でも起こりえてしまうことだからだ。

ただ、考えたくないが、これが誰かの計略だったとしたら怖すぎる。

どうかこの時代は、悪意ではなく善意が重なっていく世界であることを願わずにはいられない。

「儂（わし）もなんとかしたかったのじゃが」

「きっかけがなかったのであれば仕方ないですよ。教皇様が単身でネルダールに来ることも出来ないでしょうし」

「ルシエル殿にはそのきっかけになってもらいたいものだが……」

「今はお忍びの方が都合がいいので」

「だのう」

この問題は根深そうだ。

事が起こってから否定することもなく、およそ半世紀……。

俺が魔術士ギルドの職員の立場だったとしても、聖シュルール共和国の担当にはなりたくない。

再び聖属性魔法を発動することが出来るようになったら、色々と関係改善に動いてみようかな。

そこまで考えて、少し憂鬱（ゆううつ）になってしまった気持ちを切り替えることにした。

「それで食事は自分達で作ればいいんですか？」

「そうしてくれると有り難い。先程も言ったと思うが、食材自体は聖シュルール共和国の者達が出入りしていた数十年前の物だが、食料庫には魔法袋のように時間停止の付与がされていて時間は止まっているから、問題はないはずじゃ」

問題はないはず――その言葉を聞いて、なるべく保管されている食材を使いたくないと思った。でも、もしかすると半世紀よりも前の食材も存在している可能性もあるから、グルガーさんやグランツさんは飛びつく勢いで食料庫に向かいそうな気もしたが……。

ともかく、俺はナディアとリディアに昼食について話しかける。

「昼食だけど、どうしようか？」

「食材があるのなら頑張ります」

「お姉様と頑張りますよ」

二人はやる気になってくれたけど、今から作ってもらうとすると時間がかかりそうだな……。迷宮で修行していた頃から味付けのセンスは抜群だったけど、とにかく調理に時間がかかるのだ。それに数十年前の食材と聞いた時に顔が曇っていたし、俺も聖属性魔法を発動することが出来ない状態で、食料庫の食材を調理したくない。ただ、俺も男飯なら直ぐに料理は出来るし、グルガーさん達に貰ったレシピに直ぐ作れる料理も記載されているが、作る気分じゃない。そうなると選択肢は絞られる。

「……お腹が空いているし、魔法袋の中に既に調理済みの料理が入っていますから、今はそちらを食べることにしよう。調理するのは今夜からにしよう」

俺はそう言いながら、近くのテーブルに魔法袋から次々と出来合いの料理を出していく。

ナディアとリディアはどこかほっとしたように頷いていた。

「ほう。中々美味しそうな料理ではないか」

オルフォードさんは料理を見つめ、何度か唾を飲み込んでいた。

「……よろしければご一緒にどうですか？」

「よいのか？　それならばお相伴（しょうばん）にあずかるかのぉ」

やはりこの人もただの好々爺（こうこうや）ではなく、魔術士ギルドの長なだけあり、性格的にかなり図太いのだと感じた。

それから俺達は何気ない会話をしながら昼食を済ませると、聖シュルール共和国に割り当てられた宿泊施設へと移動することになった。

「ここは定期的に掃除もしてあるし綺麗じゃぞ。ずっと使われていなかったから不具合があるかもしれんが、その時は言ってくれて構わんぞ。あ、それと当たり前のことじゃが、部屋は男女別々になっているから安心するといい」

「何で俺を見ながら言うんですか？」

「何となくじゃな」

この人のからかうような言い方とわざとらしい笑顔に、イラッとしたのは仕方ないことだろう。ただ、そんな心配は無用だ。

治癒士じゃなくなっても、そちらの面で暴走することはない。何故ならヘタレだから……はぁ～。

それはさておき。

「それにしても長期間、誰も施設に宿泊していないのであれば、寝具はかなり傷んでいるのではないですか？」

「調度品は交換時期がきたら、全て一斉に替えているから心配しなくてよいぞ」

「なるほど」

聖シュルール共和国の施設でもしっかりと対処してくれているんだな。

「さてと、まずはこの部屋じゃ」

「ホテルみたいですね」

案内された扉をオルフォードさんが開くと、簡易的なキッチンとダイニングがあり、広々としたリビングとベッドルームがある間取りが2LDKの部屋だった。

どうやら本来は一人だけで生活するための部屋ではないようだ。

「私が教会で使用している部屋よりも広いですね」

「そう言ってもらえると助かるのぉ。この部屋の隣に同じ間取りの部屋があるから、お嬢さん方はそちらを使うといい。さて、魔術士ギルドの基本的な案内はこれで終わりじゃ」

「ありがとうございました。ちなみに外出する場合はどうすればよいのでしょう？　一度、魔術士ギルドから出てネルダールにあるという町に行ってみたいのですが」

「そうじゃな……よし。最初に町に行く時は儂が案内しよう。ネルダールは基本的に偏屈な者達が集まっておるから、一見さんには少しキツイでの」

「分かりました。それでは日程が決まったら教えていただけると助かります。今後は、魔法の訓練場と魔導書庫の往復になると思いますので」

「うむ。それと、他は忘れてもハチミツ酒のことだけは忘れるでないぞ」

そう言い残して、オルフォードさんは来た道を戻っていった。

俺達はオルフォードさんを見送った後、今後のことについて話し合うことにした。

「先程オルフォードさんにも伝えたけど、基本的には魔法訓練場と魔導書庫の往復になるだろう。たぶんだけど監視されているだろうし、オルフォードさんは姿も変えられるから、きっと気の休まる時はないかもしれない」

「何か対策を考えておいた方がよいでしょうか？」

「さすがに知らない魔法では対処に困りますよね」

二人がこうして真面目に考えてくれることが救いか。二人には従者としてついてきてもらったけど、基本的にはすることもないだろうから、暇になってしまうかもな。出来れば自分達の時間を大切にしてほしい。

「このネルダールでは情報収集しようとしても人もいないし、あまり効果はないと思う。だから基本的には二人とも自由に過ごすといい」

「「分かりました」」

「それと、ある程度の調べものが終わった後で、魔術士ギルドの噴水のある中庭へ行きたいと思う。ただ、戦闘になるかもしれないから、その覚悟だけはしていて欲しい」

「「はい」」

二人は何を訊(たず)ねる訳でもなく、ただ返事をしてくれた。

それが嬉しく二人に感謝したのだが、それから無言になった二人と部屋に留まると気まずくなりそうなので、時間を有意義に使うために俺達は魔導書庫に戻ることにした。

俺は魔導書庫へと歩きながら、二人といても気まずくならないような、気分転換にもなる娯楽を考えてみることにした。

魔導書庫にそんなアイディアが転がっていればと、俺は足を速めるのだった。

05 価値は人によって変わる

魔導書庫を再訪すると扉が閉まっていたのだが、魔法袋から薄い冊子を取り出すと扉が自動で開いた。

どうやら冊子に反応しているらしく、フリーパスになっているということを改めて実感した。

フリーパスを購入しておいて良かった。豪運先生には感謝だな。

そして、出来れば実のある実用書が見つかるように祈ってから、とりあえず目に付いた本を片っ端から読んでいくことにした……。

しかし、そう意気込んではみたものの、どれもタイトルからして碌なものがなく、徐々に、タイトルを読むだけで精神的に疲れてきてしまった。

「魔導書庫という名がついているのに、その所以が一体何処にあるのだろうか。俺には理解が出来ないな……」

そんな独り言が出てしまう程、魔法関連の書籍だけだと思っていた書庫には、魔法とは明らかに関係ないものが多い。

『正しい紅茶の淹れ方』『植木の手入れ百選』『色々な鉱石で○○してみました』シリーズなどが並んでいる。

それなのに肝心の魔法に関する書籍はとても少ない。

その中で『初心者の魔法講座』『魔法が使えるようになったので、自由に冒険してみる』『魔法の楽しみ方』などを手に取ってみた。

しかし、それ以外の書籍で目ぼしいものはなく、主に各属性の魔法書やその手引書があるだけで、どれも中身は初級か中級のみだ。

それらと関連するような論文を幾つかまとめて一冊の書籍にしたものもあったが、何となく表紙を付けて並べてあるだけの印象が強い。

中身のある内容を探すためには、この論文を読まないといけないのか……。

俺は魔導書庫の全体を見渡し、ため息をついた。

何だかオルフォードさんには、妨害とまでは言わないが、故意にはぐらかされているような気がする。見方を変えれば、一度立ち止まってみることを諭されているようにも思う。

「どう思うかは俺の捉え方次第か……」

そもそもネルダールへとやって来たのは俺の意志だし、魔導書庫に解決の糸口があるかどうかは分からないけど、焦っても解決する問題じゃないからな。

「きっとこの中にもルシエル様にとって有用なものはあるはずです」

「そうです。魔導書庫にはこれだけの書籍があるのですから、解決の糸口がどこかにあるはずです。もしオルフォード様から助言がいただけなくても、ルシエル様なら結果を出せます」

ナディアとリディアも俺がネガティブにならないように励ましてくれるのは有難い。

ただ、気になったタイトルを探すのに集中していたため、二人が側にいることを忘れていた。

まさか独り言を聞かれるとは……。それが少し恥ずかしい気持ちになった。

「ナディア、リディア、ありがとう。オルフォードさんにも考えがあるんだろうし、俺は俺で頑張るよ」

「「はい」」

俺の態度を見てリディアとリディアがオルフォードさんに悪感情を持つようになるのは嫌だったから、伝えておくべきだと感じた。それにしてももう少しだけでも感情のコントロールが出来ればいいのに……。

「うん。まぁ、直ぐに魔法を取り戻したいという思いが強過ぎるから、焦っていることは自覚している。ちなみに二人はネルダールに着いてから、何か気になった点はあるかな？」

「特にこれといったことはありません。ただこの魔導書庫の書籍を読んで、訓練場で魔法の修練をする生活も悪くはないかもしれません」

「確かに、ネルダールでは魔物に襲われる心配もないですから、魔法の勉強が捗るかもしれません」

俺の問いに二人は少し困った顔をしたが、それでもしっかり答えてくれた。

「とても前向きな言葉だね。少し元気を貰えた気がするよ」

「それなら良かったです。でも、ルシエル様にとってはきっと特別なことではありませんよ。だってこの考えはルシエル様が迷宮で修行している時に教えてくれたことなんですから」

「何事にも無駄はなく、積み重ねることが最良への近道なのだと」

ナディアに続きリディアも微笑(ほほえ)みながら語って頷(うなず)いた。

しかし俺は困惑する。

二人にそんなことを言った覚えはなかったし、二人に稽古をつけていたのも俺ではないのだから。

「そんなこと言った覚えがないんだけど……」

きっと俺は不思議そうな顔をしているだろう。

そんな様子を見て二人は笑いながら教えてくれる。

「いえ、ルシエル様はずっと実践されていましたから。ブロド様とライオネル様との模擬戦は勿論ですが、魔物相手でも同じ手では簡単にやられないこと、無理だと思った状況でも決して諦めないことが大切なのだと教わりました」

「戦闘職ではない治癒士の方が、あれだけの戦闘技能を身に付けるのは一朝一夕で成し得ることではないです。それを思えばこれだけの本があるのですから、ルシエル様の能力を戻すきっかけが、どこかに必ず眠っている筈です」

ああ、いま何だか背中を支えてもらった気がした。

二人には俺を励ます言葉だったのかもしれないけど、俺がしてきた選択が間違いではなかったと肯定してもらえた気がしたのだ。

そのおかげで俺は自分の軸になった経験を思い出した。

先が見えない仕事に押し潰されそうだった時、逃げ出したくなっても歯を食いしばって一歩また一歩と足掻(あが)いていたら、いつの間にか状況が一変していたことがあった。

あの時も頑張ることしか出来なかったけど、頑張ることで徐々に光が見えてきて、そしたら支えてくれる人達が出てきてくれたんだよな。

だから俺は俺の可能性を諦めないで足掻こう。

今は焦っていることもあって、自分自身を信じ切ることが出来ないけど、まずは俺を信じてついて来てくれた二人の言葉を信じることにしよう。

改まってお礼を言おうとしたら、何だか照れくさくなってしまった。

「……ありがとう」

さっきまでは平気だったのに、意識したら思春期がぶり返してきたかもしれない。

ただ、異性に対してというよりは、久しぶりに会った家族へ感謝を言葉にするような感情だった。

「私達も微力ではありますが、お手伝いさせていただきますから、鍛錬だと思って頑張りましょう」

「邪神に立ち向かえる胆力をお持ちのルシエル様なら、きっと成し遂げられる筈です」

二人は微笑みながらそう伝えてくれた。

不思議なことにその言葉を通して、俺の支えになってくれている皆の姿が見えたような気がした。

「二人ともありがとう。そして力を貸してほしい」

「「はい」」

こうして二人と少し話しただけでやる気が回復した単純な俺は、二人の協力を得ながら、まずは資料漁(あさ)りに精を出すことにした。

魔法の属性適性についてはナディアが、詠唱についてはリディアが担当して調べることになり、俺は魔力と魔法の仕組みについての資料を徹底的に調べていくことにした。

書籍や資料で気になった点や重要だと思われる内容は羊皮紙に書き写し、休憩時にそれらについて三人で話し合うことにしたのだった。

黙々と作業を続けていくが、やはり読んでも無駄な本や内容が多く、中にはナディアとリディアには読めない癖字もあった。

俺は異世界言語のスキルのおかげで読むことは出来るのだが、記載されていたのが研究内容の走り書きだったので、内容まで理解することは出来なかった。

これなら推敲(すいこう)して書類をまとめればいいのに……そう思わずにはいられなかったが、ＰＣやワープロは勿論タイプライターもなく手書きなのだから、仕方がないのかもしれない。

でも、レインスター卿(きょう)なら開発していてもおかしくないのに、何故(なぜ)しなかったんだろう？　そんな疑問が浮かんだ。

やる気になったはいいけど、久しぶりに文字を読み続けると目が疲れてくる。

こういう時に目薬ではなく、ヒールが使えればと思ってしまう辺り、この世界に染まってしまったことを実感する。

「何かヒントが隠されているなんてことは……」

そんな時、ある一冊の書籍のタイトルが浮いているように見え、目に留まった。

手に取って軽く流し読みしてみると、魔力を魔法として捉えたものではなく、身体能力を一気に引き上げるだけのものとして真面目に研究して論文にまとめたものだった。

体内の魔力を高速循環させることで、身体強化だけでなく全てのステータスを上げることが出来る。

しかし、その能力は無理矢理に引き出されていることに変わりはなく、普通の人間が多用するものではない。

「何だか今更という内容だな。回復魔法を失った俺には、身体強化も許されないってことか」

俺は論文の内容にツッコミを入れつつも、徐々にその内容に惹かれて読み進めていった。

正直なところ、あまり期待はしていなかった。

それでも絶対に魔法を取り戻すのだというこのやる気を、全力で注ぎ込むきっかけが欲しかったのだ。

きっとその思いの強さに豪運先生が応えてくれたのだろう。

終盤には幾つかの実験へと至った経緯と考察、そして結論までしっかりと記載してあった。

俺が注目したのは、体内の魔力を循環させるのではなく、身体の外にある魔力を使用するという実験だった。

どうやら、エルフやドワーフの一部が使用する精霊魔法を再現するためのものだったようだ。

考察を読み、面白い着眼点だとは思ったが、これは精霊が協力してくれることが前提なので失敗しているだろうと予想してページを捲(めく)った。

するとそこからは実験による失敗や消失、爆発の文字がたくさん書かれていた。

しかし驚いたことに、中には成功した事例も記述されていたのだ。

この成功例の実験は、魔道具を使用して幾つもの浄化した魔石から膨大な魔力を引き出し、その魔力を可視化することが出来るぐらい高めた空間で行われたらしい。

『その結果、身体の外にある魔力に干渉することが分かった。しかし外部の魔力に干渉することは出来ても、精霊魔法は勿論、従来以上の身体強化がなされることもなかった』……あれ？」

結論として、自分のものではない魔力に干渉することは出来るが、その干渉した魔力を操るには、魔力制御のスキルレベルに依存するかもしれない……そう煮え切らない言葉で締め括られていた。

しかし論文の最後には備考欄が存在しており、今度はある属性に適性を持たない者が他者の魔力に干渉し、その属性魔法を発動させるための研究を立ち上げることが記載されていた。

『ある属性に適性がなくても属性魔法を発動させる』……か。仕組み的には魔道具と一緒だよな」

これだけしっかりと実験、結果と考察、結論が記載されているのだから、もっと読んでみたい。

俺はそう思い、早速このシリーズの続巻があると踏んで、魔導書庫を見て回ったのだが、目に付くところには見当たらず、暫(しばら)く探してみるも、見つけることが出来なかった。

「何かの理由で研究することが出来なかったのかな？」

かなり面白い内容だとは思うけど、何度も失敗しているし、可視化することが出来るぐらいの強力な魔力を内包している魔石を用意している時点で、かなりの資金を注ぎ込んでいるようだし……。

それにしても興味深い内容だった。おかげで色々と試してみたいことが見つかった。

師匠やライオネルは俺が聖属性魔法を失ったことに責任を感じているだろうし、そのことを考えれば俺に止まっている時間はない。糸口になりそうな論文や書籍があることも分かったし、あとは全力を尽くすだけだ。

それならば俺がするべきことは、豪運先生に祈りながら、気になる論文や書籍をこの魔導書庫の中から見つけ出していくことだ。

そうして俺は気になった書籍を片っ端から集めていった。

「あの、ルシエル様、その本の山は？」

途中でナディアから困惑した様子で声をかけられた時には、両手でも持つことが出来ないぐらいの量になっていた。

「あはは……ちょっと多かったかな」

俺は内容を見ずに集めてしまったことを誤魔化(ごまか)すように笑った。

「今日中には読み切れないのでは？　それに魔法とは関係ない書籍や論文まで……。どうなされたのですか」

「ルシエル様、身体を動かしましょう。気分転換になるはずです」

どうやら二人には奇行に見えたらしく、ナディアからは追い詰められているのではと心配され、リディアからは気分転換を勧められてしまった。

考えてみれば二人とは、グランドルからの浅い期間しか付き合いがないし、グランドルにいた時はずっと迷宮で修行していたから碌に話す機会もなかった。

だから、意思の疎通が出来ていないのは当然のことなのかもしれない。

何となくの流れでネルダールまで同行してもらうことになったけど、俺も二人のことはあんまり知らないからな。

よし、しっかりと俺の考えをこれからは言葉にして伝えていこう。

「実はさっき気になる論文を見つけたんだ。何故かタイトルが浮いているように見えて手に取ってみたんだけど、読んでみると面白くて」

「それでタイトルが浮いて見える本ばかりを集められたのですか？」

「……分からなくもないですが、少し量がおかしいです」

「そうなんだけど、タイトルはまともなのに内容が伴っていないものが多くて、そこで何となく目に留まったり、気になったりしたのを集めていくことにしたんだよ」

二人は呆れてしまってはいるが、この作戦自体を咎めることはなかった。

俺が自棄になっているのではないと分かったからだろうな。

呆れられたのは仕方ない。二人も色々と探してくれてはいるが、目ぼしい情報は見つかっていないようだ。

「解決の糸口とまではいかないけど、きっかけがあったから嬉しかったんだ。まぁ一度に見られる量ではなかったのはその通りだったね。でも、これらの書籍や論文は読んだ方がいいって何となく直感で分かるんだ」

確かに冷静になれば、一気に読める量ではなかった。

それを無意識にやっていたことに、恥ずかしさが込み上げてくる。

「何かのスキルなのでしょうか？　興味があります。こちらはまだ何も収穫がありませんから」

「こっちもです」

二人とも一生懸命探してくれたのだろう。少し疲れている様子だったので、ティータイムを提案してみることにした。

「二人ともそろそろ休憩にしようか。ここでの飲食は駄目だろうから、一度部屋に戻ろう」

「ルシエル様、本日の夕食に関しては問題ないのでしょうか？」

リディアは少し迷った感じで訊いてきた。

そういえば、食事の準備もあるんだったな。

まだ食料庫のものを見たわけじゃないし、夕食も出来合いでいいだろう。

「ああ。また出来合いの料理になるけど、大量にストックがあるから、食料庫に保管されている食材は後回しかな」

「だったらまだ頑張ります。私も精霊士として、もっと魔法を自由に使ってみたいので、その資料を探したいです」

「私も魔力量は多いのですが、ジョブの関係で諦めていたのです。しかし魔力だけでも活かし方があるらしいので、その方法を模索します」

そんな二人のやる気に少し嬉しくなった。

「二人ともお茶の代わりに、飴をあげよう」

「飴ですか？」

二人は糖分が欲しかったのか、直ぐに近づいてきた。

その勢いが凄まじく、少し吃驚(びっくり)した。

「あ、ああ。昔ハチミツで作った試作が余っていたんだけど、食べる機会があまりなかったから」

「「ありがとうございます」」

ナディアとリディアは双子並みのシンクロ率で迫ってきた。そして俺から受け取ったハチミツ飴を口の中に入れると、瞬時に疲れが回復したかのようにとても良い笑みを浮かべた。

その笑顔に何だか俺も癒された気がする……。

やはり治癒士のジョブを失ってから、感情の起伏が激しくなった気がする。表情に露骨に出ている場合も多い気がするし……。

これが今後どのように表面化するか、それを考えただけで不安だった。

06 予感

結局、あれからずっと書籍や論文を読みながら、気になる点を羊皮紙へと書き写して過ごすことになった。

だが、あの論文以上の成果はなく、集めてきた書籍に一通り目を通し終えたところで、すでに魔導書庫に差し込んでいた光は消え、魔道具の照明が灯り辺りを照らしていた。

「二人ともお疲れ様。今日はこのくらいにして、食事にしよう」

「「はい」」

返事をするとナディアは両手を組んで上へと伸ばし、リディアは机に突っ伏した。

俺が集めた書籍や論文は全部で五十を超え、その中で有用な情報が出てきたのは何となく気になった本からばかりだった。

しかも、得たい情報が一つにまとまっていることはなく、全てが少しずつ小出しの状態だったので、それを自分でまとめるのにも時間が凄くかかった。

「食堂に行くのは面倒だし、俺の部屋で食事をすることにしてもいいかな？」

「「分かりました」」

そう提案すると直ぐに二人とも了承してくれた。

「一応全ての本はあったところに戻しておこう。あとでまた捜すにも場所を把握しておいた方がいいからね」

「確かにその方がいいですね、次に使う方のために綺麗にしておきましょう」

「些細なことに感じても他の人にされたら嫌なことはしない方がいいですからね」

「嫌われるのは理屈じゃないけど、それでも最低限のマナーさえ守ればトラブルも減るだろう。さて、今回は司書さんもいないところで二人も一生懸命に頑張ってくれたし、夕食にはハチミツ水をつけるからね」

「早く片付けてしまいましょう」

「元気が出てきました」

二人は楽しそうに片付けを始めたので、俺も二人に倣(なら)って片付け始めた。

それにしても仲の良い姉妹だよな。

元々貴族令嬢だから我儘なところもありそうなのに全くない。二人とも一生懸命調べていたみたいで、そういう姿勢も好感の持てるところだ。冒険者となったことからも一般的な令嬢とは違うのだろうが……。あの〝白狼(はくろう)の血脈(けつみゃく)〟に師事していたぐらいだしな。

まぁ、ルミナさんを含めても典型的な貴族令嬢に未だに会ったことも接したこともないんだけど、帝国の貴族にはいかにもな令嬢がいるって皆言っていたし、ブランジュ公国が特殊なのだろうか？

そんなことを考えている間に片付けが終わり、二人がまとめていた羊皮紙などは、俺が全て預かることにした。

久々に目を酷使して頭まで使ったので、今日の夕食は少しボリュームのあるものにしようと思う。

部屋までは誰に会うこともなく、絨毯が敷かれていないためか、足音がやけに響く夜の廊下が少し薄気味悪かったが、幸い灯り（あか）が灯されていることもあり、恐怖は感じなかった。

「二人とも気がついているか？」

「はい。数は三人です」

「精霊魔法を放つ準備は既に出来ています」

魔導書庫を出てから直ぐに、近くにいた魔力は揺らいで消えたのだが、肝心の気配を隠すことは出来ていなかった。

魔法に秀でていても、戦闘を生業（なりわい）としている者達ではないようだ。

一応背後を警戒しつつ、歩きながら会話を続ける。

「何か悪意を感じる訳でもないし、基本は無視する方向で構わないかな。二人はどう思う？」

「問題ありません。それよりもたった数ヶ月ではありましたが、迷宮での修行に同行させていただいた成果がこれ程のものとは……。本当に驚いています」

「あれでも隠れているつもりなのが可哀想に思えます。オルフォード殿が指示を出した監視でしょうか？」

二人に気負った部分はなく、いつでも対処出来るようになっていた。

「いや、オルフォードさんは魔術士ギルドの長だし、こんなに分かりやすい監視はおかないさ。とりあえず危険もないし、基本的には無視の方向で」

「「はい」」

しかし、そのうち諦めると思っていたその三人の気配は、聖シュルール共和国に割り当てられた区画まで入ってきてしまった。普通ならば警備や職員がいるのだろうが、今はいないからな。

これ以上は追って来られたくなかったので、振り返って対応しようと覚悟を決める。と、そのタイミングで、追ってきた一人が声をかけてきた。

「あ、あのう。もしかしてバクレイ子爵家のナディアさんとリディアさんじゃないかしら？」

どうやら追ってきていたのは三人とも女性のようで、声をかけてきた女性に他の二人が従っているようだ。

三人ともまだ若く、ナディアとリディアと同年代に見える。

ナディアとリディアの知り合いなのだろうか。

もしかするとブランジュ公国の貴族かもしれないし、どう対応したらいいだろう？　いささか困った俺は二人に視線を向けた。

「貴女（あなた）は……メインリッヒ伯爵家のエリナス様ですね。ご無沙汰しております」

「エリナス様、ご無沙汰しております」

どうやら二人の家よりも家格が上らしい。応対せざるを得ないようなので、俺も会釈だけしておくことにした。

しかしそれが気に障ったのか、後ろのお側付きが文句を言おうと俺を睨（にら）みつけたのだが、それをエ

リナスと呼ばれた令嬢が手を上げて制した。

とても様になっているし、普段からよくしている行動なのかもしれないと感じる。

「お二人はどうやってネルダールへ？」

この話の振り方から推測するに、彼女達はブランジュ公国からやって来ているのだろう。

ただ、会釈とはいえ挨拶した俺を、一瞥（いちべつ）することもなく完全に無視して二人へ声をかけたのは、少し違和感があった。

もちろん二人と知り合いなのだから、二人に用があるのだろう。

しかし、二人が俺に追随しているのは、追ってきているから分かっているはずだ。もし気がついていないのであれば余程余裕がないのだろうか？

それとも普通の貴族令嬢は未婚の場合、異性へ声をかけないという振る舞い方が一般的なのだろうか？　こういうルールは勉強していないから分からないことが多いんだよな。

だが、これがもし選民思想と貴族の階級制度の中での教育が影響しているのであれば、こちらも気をつける必要があるのかもしれない。

まぁそれでも、会釈も返さないというのは些（いささ）か思慮深さを欠いているとは思うけど、ネルダールへとやって来ている時点で、魔法もしくは魔道具の開発に秀でているのかもしれないから、優秀な者達なのかもしれない。

「今は私達を救って下さったこの方、ルシエル様の下で、色々と勉強させていただいているのです」

「それと、私達は既にブランジュ公国の貴族の生まれを捨てたので、どのように振る舞われても構いません。しかしエリナス様、目上の方に対して挨拶をされないのは失礼だと思いますよ」

どうやらナディアとリディアは、俺のことを無視したエリナスという女性やお側付きの俺に対する高圧的な態度に、怒っているようだった。

でも俺の立場って他国の貴族に対しても目上になるんだろうか？

二人がまさかそのようなことを言ってくるとは思っていなかったようで、エリナスという女性とそのお側付きは完全に固まってしまった。

思い返せば俺達へと話しかけてくるタイミングを計っていたみたいだし、少し緊張していたのか余裕もなかった気がする。もしかすると何か助けてもらいたいことがあるのか、もしくは純粋に何故二人がネルダールにいるのかを訊ねたかったのかもしれないな。あまり揉めたくもないし、ここは俺がこの場を収めた方がいいかも……。

その時、俺が言葉を発する前にエリナスさんはいち早く状況を認識したのだろう。

お側付きの二人が暴走してしまうことがないように、お側付き達の腕を掴んで何かを告げてから一歩前に出ると、先程のことが嘘のように謝罪を口にする。

「ご無礼を働きましたことお許しくださいませ。私はブランジュ公国の北東一帯の領主リカルス・フォン・メインリッヒ伯爵の次女で、エリナス・メインリッヒと申します。お許しいただけるのならお名前を伺っても？」

スカートの端と端を持ち優雅なお辞儀をしながら、挨拶をしてくれた。

俺は金髪ドリルの髪型と喋り方で、一瞬エリザベスさんのことを思い出していた。

「これはご丁寧に。聖シュルール共和国教会本部の教皇様直属治癒士ルシエルと申します」

こちらも自己紹介してから簡単に会釈をすると、向こうの顔が固まっていた。

しかも三人共だ。

「……大丈夫ですか？」

「も、もしかして、数十年ぶりにＳ級治癒士と認められたあのルシエル様ですの？」

「Ｓ級治癒士は私だけですので、たぶんそうですね」

俺がそう告げると、さっき腕を掴まれていたお側付きの二人までテンションが上がってしまったのか、質問してくる。

「治癒士なのに竜殺しまで成し遂げられたというのは本当ですの？　本物の英雄ルシエル様なのですか？」

「あの」って言葉だけで、精神的にくるものがある。

どの通り名がブランジュ公国で知れ渡っているのか不安になるが、怖くて訊けない。

「それではネルダールに来訪されたということは、どなたかを診られるためなのでしょうか？」

「いえ、聖属性の魔法は勉強し終え、他の属性にも適性があることが分かり、それならばネルダールで魔法を勉強してみるといいと、そう教皇様から配慮していただいたのです」

ついでにブランジュ公国で広まってしまっている俺の通り名をサラッと教えてくれないだろうか……。

そんな思惑が頭に浮かぶも、聖属性魔法が使えないという現状が些細な言動や行動から推測されてしまったり、露呈してしまったりするのは避けたかった。

そのためにいま出来ることは、なるべく事情を知らない者達との接触を避けることだ。

まぁそんなに自分の考えた通りに物事がうまく進むのであれば、そもそも聖属性魔法を失ってはいない、か……。

「そうだわ！　ルシエル様。今からこちらの食堂で夕食をご一緒しませんか？」

さも名案だと言わんばかりにエリナスさんはそう提案の声を上げた。

確かにお互い交流を持つということは必要なことなのかもしれない。

しかし、書籍や論文を読み続けていた俺には、エリナスさんの高いテンションがとても辛く、申し訳ないが煩わしく感じてしまう。

さすがに疲れている時に初対面の人達との食事は避けたかった。

「ブランジュ公国の伯爵家の御令嬢から誘っていただけるとは光栄な限りです」

「それでは――」

俺の言葉を聞いて嬉しそうなところ申し訳ないが、言葉を遮らせてもらう。

「が、申し訳ありません。我々は本日ネルダールへとやって来たばかりで、これから滞在するにあたり、するべきことが山積みでして、後日、落ち着いた頃にお食事させていただけないでしょうか」

嬉しそうな顔が徐々にしょんぼりしていく姿に罪悪感はあったが、それでも心を鬼にしてしっかりと断った。

「分かりました。それでしたらまた日を改めさせてくださいませ。ナディアさん、リディアさん、また今度ゆっくりとお話ししましょうね」

　エリナスさんとそのお側付きは戻っていった。

　しかし、足音が聞こえないところをみると、装備か魔法を使っているのだろう。

「さて、行こうか」

「「はい」」

　それからは誰も言葉を発することはなく、俺の部屋へと入ったところで、ナディアとリディアが大きく息を吐き出した。

　どうやら思っていたよりも緊張していたらしい。

「……緊張しました。エリナス様は昔から同年代でも別格の存在で、天才魔導士と呼ばれていたのです。貴族の間ではその知略が有名で、年齢を重ねるごとに才媛、天才、ブランジュ公国の知恵だと評価されていました」

「幸いルミナリア様と対面して言葉を交わしていたので、緊張して固まってしまうことがなくて助かりました」

　なるほど、凄い人なんだな。

　しかし、それだけの名声を得ているのに、何でネルダールへとやってきたのだろう？　ブランジュ公国では人材が余っているのか、それともエリナスさんがいないと無理な研究をしているんだろうか？

　それにしても、ナディアとリディアが、言葉を交わしていただけでエリナスさんのプレッシャーを撥ね除けてしまえるほどのルミナさんの存在って一体……。

とても気になるが、とりあえず夕食の前に訊いたら疲れそうだ。

俺はそこで、ブランジュ公国からネルダールへとやってこられる基準を訊いてみることにした。

「ブランジュ公国では優秀な者がネルダールへとやってくるのか？　それとも何か特殊な研究のために選ばれるのだろうか？」

「優秀なことは最低条件だったと思います。しかし、エリナス様がネルダールを訪れるなんて本来は考えられません」

「ナディアがそこまで言い切るとは、ブランジュ公国で、何か変化があったのかもな」

二人がブランジュ公国を出てから少なくとも一年以上は経過しているのだから、何か変化が訪れていたとしてもおかしくはないだろう。

「きっとそうです。あのエリナス様が自ら動かれていることにも違和感がありますが、私たちを追って来られたのにも何か理由がありそうです」

「リディアが言うように追ってきた理由もですが、私は何だか待ち伏せされていたようにも感じました」

「俺達が魔導書庫から出てくるのを待っていたと？　俺達と接触するのが目的だったってことになるのか。でも、食事を断ったらあっさり引いてくれたけど……それでリディアは何でそんな眉間に皺を寄せているんだ？」

「エリナス様とは精霊魔法士のジョブが発現した時に一度だけお会いしたことがあるのですが、その時に「精霊に頼まないと魔法を発動することが出来ないのね」って、笑われたのです。だからエリナス様のことはあまり好きではありません」

どうやら完全に緊張が解け、昔のことを思い出したらしい。緊張して思考停止するよりは余程いい。

「まぁ、仲良くしろとは言わないけど、また接触はあるだろうから大人の対応を頼みたい」

「心得ております。大人ですから！」

ナディアは冷静沈着だけど、リディアはこういう子供っぽいところがある。だけど、明るい性格だから、変に堅苦しくなくて助かるな。

そんなことを考えながら入り口にある魔道具の照明のスイッチを入れると、部屋の中が一気に明るくなった。

前世で泊まった、どこぞのリゾートホテルと同じ仕組みに少し笑ってしまったが、魔道具の照明はどれも個別で調光することが出来るつまみだけでなく、リモコンもついていることに感動しつつ、夕食の準備を始めた。

魔法袋から出来合いの料理を出して盛り付けただけだったので、直ぐに準備も終わり、様々な料理に舌鼓を打ちながら明日の予定について話していく。

「明日はまず食堂……というよりは食料庫の整理から始めよう。それが終わったら、今日の続きとして、また魔導書庫で情報を精査し、有用なものを集めようと思う。そして昼食を挟んで午後から訓練場で魔法の修練をして、身体を動かすことにしよう」

「「……はい」」

何処か上の空で返事した二人が心配になり、声をかける。

「気分でも悪くなったか？　それともスケジュールを変更したいのか？」

しかし上の空だったのは、もっと違う理由だった。

「ルシエル様、このハチミツ水はおかしいです」

「これはハチミツ水としては認められません」

ナディアとリディアはハチミツ水に対して文句があるようだった。俺は美味しいと思うんだけどな……。

「俺が知っているハチミツ水はこれなんだけど？」

そうすると二人はプルプル震え出した。

これ以外にハチミツ水を知らないので、困惑するしかない。

「これにどれだけの価値があるのか知っているんですか？　何ですか、この美味しさは」

「魔力が溢れ出てくる感じがします。これは断じてハチミツ水ではありません」

どうやら美味し過ぎただけらしく、問題があるわけではないようで良かった。

そういえば二人には、イエニスでどのように過ごしていたのかも教えたことがなかったな。グランドルではずっと修行の日々だったから、ハチミツとかの嗜好品は禁止していたし。

二人は空になったハチミツ水が入っていたコップを見たまま動かなくなった。

「……おかわりもあるけど飲む？」

「「いただきます」」

それから二人に今回提供したハチミツ水のみならず、ハチミツがどれだけ貴重なものなのか……そのことを延々聞かされることになるのだった。

どうやら俺の価値観は麻痺していたらしい。

普通に戦乙女聖騎士隊にも喜ばれるからお土産として渡していたんだけど、希少価値が高いことだけは理解した。

そして、テンションがおかしくなっている二人の姿を見ながら、ハッチ族がこれからも不当に扱われないよう、ずっと共存していけるように全力を尽くすことを決意した。

それにしても、ネルダールに来た初日にこれだけのイベントが発生したとなると、明日からはきっともっと色々な出来事が起こるのではと不安になるな。

出来るだけ面倒事には巻き込まれないように俺は豪運先生と覇運先生、さらに運命の神様へと祈りを捧げるのだった。

07　努力する姿勢

ナディアとリディアはハッチ族のハチミツとハチミツ水の希少さを語っていたが、時間が経つにつれて徐々に冷静さを取り戻したのか、最後には顔を真っ赤にして自分達の部屋へと帰っていった。

その間に五杯もハチミツ水をおかわりしていたが、お腹は大丈夫なんだろうか……。まぁずっと笑顔だったし、精神的な疲労は心配いらないだろう。

まぁ、依存するかもしれないので、今後は控えた方がいいのかもしれない……。

「まさか提供したハチミツ水が中級の魔力ポーション並みの回復力だとは。オルフォードさんに置いてきたハチミツも、取引材料にすれば良かったかもしれないな……」

相場も分からないし、お世話になるのだし、手土産が必要だったから後悔もないけどな。

俺は食器を洗いながら、そんなことを考えていた。

その間にも、さすがレインスター卿（きょう）だと思ったことがたくさんあった。

キッチンが広く使いやすいだけでなく、水道も温水冷水の調節が出来るようになっていた。

しかも高級ホテル並みのお風呂とトイレで、別々に設置されているという拘（こだわ）り具合だった。

ここまで快適だと、ネルダールを離れたら生活できなくなりそうで怖い。

それにしてもレインスター卿が色んな拘りを持ってこのネルダールを造ったことを思えば、自然と頭が下がる。

何よりも快適空間は正義だ。

それから俺はゆっくりと風呂に入って身体を温め、湯上がりにハチミツ水で水分補給をしてベッドへとダイブする。

あまりにもベッドがふかふかだったため、何度かゴロゴロと転がってしまった。

寝るにはまだ早かったため、二人がまとめてくれた資料を魔法袋から出し、目を通していくことにした。

ナディアが調べてくれたのは魔法の属性適性についてだった。

とても綺麗な字で書かれていたので読みやすかったし、しっかりとまとめられていたと思う。

しかし、目新しい情報は記載されていなかった。

次にリディアが調べてくれた詠唱についてだが、これに関しては詠唱する文言を間違えると魔法が発動しない事例が昔から幾つもあったと書かれていたことに驚いた。

その理由は、俺が文言を適当に紡いでも、しっかりとイメージしていた魔法は問題なく発動することが出来ていたからだ。

詠唱の仕方で魔法の強弱や魔力消費が変わるなんてことがあるんだろうか？　このことに関しては細かく調べたことはないし、魔法を取り戻すことが出来たら調べてみようかな。

それ以外には目新しい情報の記載はなかった。まぁ、珍しい研究や論文を見つけていたら、二人とも教えてくれていただろう。

「まだ初日だし、成果がなくても仕方ないか……」

色々と調べながら知識を蓄積していこう。

きっと判断材料が多い方が悩みの中で閃くはずだし、どんな知識が解決に繋がるのかは分からないのだから。

そう心に言い聞かせて、今度は自分がまとめた資料に目を通していく。

魔法が発動するまでの過程をバラバラに分解していくと、魔法を発動するために必要な項目は魔力属性の適性、魔力量、魔力変換の三つに分けられる。

属性適性は発動する魔法に適正な属性、魔力量は込める魔力の量、魔力変換は込めた魔力を魔法という形へと昇華させることらしい。

これは属性適性を保有していて、魔力を込めるまでは、今の状態でも出来ている気がする。

そうだとすると変換することが出来ないから魔法が発動しないのだろうか？　いや、そもそもそれだと無詠唱で魔法が発動していた意味が分からない。

それとも変換には幾つか種類があるのだろうか？　初見でもイメージさえしっかりしているのなら、魔法を無詠唱で発動することが出来るのだろうか？

俺は再度、リディアがまとめてくれた資料に目を通すと、無詠唱の項目には一度以上発動したことのある魔法のみという記載があった。

ただ、備考欄に小さく書かれていたのが、稀にイメージが完璧な場合にのみ発動したことがない魔法を無詠唱で発動することが出来たケースもあったらしいということだった。

「実験と実例が少な過ぎて何とも言えないな……。　あれ？　でも何か新しい魔法が作れないかと、俺が試行錯誤して成功した時って……」

つい最近のことだったのに、自分で聖域結界や聖域鎧を開発するために試行錯誤していたことまで、なくしてしまった過去のことだと思い込んでしまっていた。

自分の馬鹿さ加減には呆れるが、それよりも今は魔法を開発していたことを思い出そう。

きっかけは邪神に遭遇しても生き残ることだけを考えて、詠唱は聖域円環(サンクチュアリサークル)を応用してイメージを固めていったんだよな。

成功した時は、新しい魔法をこの世界に認めてもらえるように語りかけて、魔法が発動した時の完成形をイメージしながら、体内の魔力を放出して外の魔力に干渉させて変換していた気がする。

もちろん一度では成功しなかったから、何度も詠唱を変えてイメージを鮮明にしていったんだったよな。

しかし、何故(なぜ)イメージを鮮明にしていったのかまでは忘れてしまった。

確か聖属性魔法のリヴァイブの成功率を高めるために必要だと何処(どこ)かで見た気がするんだけど、それがどこなのかすっかり頭の中から抜け落ちてしまっていた。

「あの感覚が取り戻せれば、やりようによっては最強の魔法士になれそうだなんて……子供か」

どうやら精神的に疲れていたようで、妄想がちょっと酷い……夢はあるけど。

まぁ俺の現状は属性の適性はあっても、どの属性の魔法を発動するか悩むどころか、どれも発動することが出来ないのだから、夢だな。

この分だと結構時間がかかりそうだし、ナディアとリディアに付き合わせるのも悪いから、やはり自分達が興味のあることを調べたり、好きな本を読んでもらったりして、いろいろなことを吸収してもらおう。

ヒントは、あの論文を読んで閃いた、魔力を流せば魔法が発動する魔道具の開発だな。

うまくいけばいずれ聖属性魔法を自由に操ることが出来るかもしれないし、その研究が成功すれば属性に拘る必要性もなくなるかもしれない。

それはそれで少し寂しい気持ちもあるが、平和に暮らせれば俺はそれでいいからな。

そんなことを考えていたら徐々に瞼が重くなってきたので、俺は抵抗することなく意識を手放すのだった。


翌日、目が覚めた俺はいつも通りベッドの上で座禅を組み、魔力操作を集中して行った。

いまは身体の外へと魔力を流せないため、魔力制御の練習は出来ない。

既にルーティン化しているので、魔力制御の練習が出来ないのが妙に気持ちが悪いんだよな……と、朝から少しネガティブ思考に陥りそうな時だった。

部屋の扉を叩く軽快なノック音が響いた。

「ナディアとリディアか。結構早いな。そういえば時間を決めていなかったな……」

そう呟きながら扉へ向かうと、外からオルフォードさんの声が聞こえてきた。

「ルシエル殿、起きていらっしゃるかな？」

「はい」

扉を開けると、羊皮紙を抱えたオルフォードさんが満面の笑みを浮かべて立っていた。

「おおっ！　ルシエル殿、おはよう」

「おはようございます。オルフォードさん、朝早くからどうなされたんですか？」

「いや～、昨日ルシエル殿達が訓練場で魔法の修練を一生懸命している姿を見ていたら、儂も何か力になってやれないかと考えてな。しかもあれほど高品質のハチミツまで貰ったのだから、その分は働かないとバチが当たってしまうじゃろ？」

オルフォードさんはそう言って、数十枚に及ぶ羊皮紙の束を俺に手渡してきた。

俺はそれを反射的に受け取り、一番上の羊皮紙に何気なく目を落とすと、びっしりと文字が書かれていた。

しかも羊皮紙が見るからに新しく、文字が書かれたばかりな気がした。

「これってまさか俺のための資料ですか？　これをオルフォードさんが作ってくださったのですか？」

「ちと時間はかかったがな」

「ありがとうございます。本当に感謝します。それでこれはどういった資料なのでしょうか？」

「これは昨日、なぜ三人が訓練場で魔法をうまく発動することが出来なかったのか、その考察と対策を儂なりに練ってみたものじゃ」

オルフォードさんをしっかりと見てみると、昨日と同じような柔和な笑みを浮かべてはいるものの寝不足なのか、少し顔が青白くなっていることに気がついた。

どうやら俺は、無意識に治癒士の能力を喪失してしまったことがバレないよう、接する相手との間に壁を作るだけではなく、疑ってかかっていたことに気がついた。オルフォードさんは、ある程度の事情を知り、教皇様が信頼して俺を託した相手なのだから、本当は治癒士の力を取り戻すには一番信頼しないといけないのに……だ。

そう考えると嫌われてもしょうがない態度を取ったにもかかわらず、こうして力を貸してくれようとしてくれていて、本当に有難かった。

俺はオルフォードさんを疑っていた自分を恥ずかしく思い、昨日はすることが出来なかった質問をすることにした。

「……昨日は見ているだけで指導されなかったのは、何か考えがあったからですね？」

「うむ。助言するにしても、互いの信頼がないとうまく情報が伝わらない場合もあるからの。昨日は三人ともどこか焦っているようだったし、好きに修練してもらうことにしたのじゃ」

「色々と申し訳ありませんでした」

「いやいや、三人の能力や性格を確認するためには時間が必要じゃった。だから知ることが出来て良かったと思っておる」

渡された羊皮紙の束は、軽く見積もっても五十枚前後もあった。

これだけ書くのにどれだけ時間を費やしてくれたのだろう。

もしかすると徹夜してくれたのかもしれない。

そもそも教皇様が信用している相手なのだから、疑う必要はなかったのだ。

何だかどんどん反省することだけが増えていく。もっとしっかり反省を活かせるようにならないと、全ての人から失望されてしまいそうだ。これ以上は卑屈になっていても仕方ないし、せっかく調べてくれた内容を少しでも活かすのが、俺に出来る恩返しだろう。

「オルフォードさん、本当にありがとうございます。この資料を活かしてみせます」

「まずは必要なことだけを吸収するといい」

「助言に感謝します。あ、話は変わるのですが、せっかくなので教えていただきたいことがあります」

「何かな?」

「聖属性の適性を保有していない場合でも、聖属性魔法を使う手段として、魔道具を用いることは出来るでしょうか?」

魔力さえあれば、属性に関係なく使用することが出来るのが魔道具だからだ。

ただ俺の知る限り、聖属性魔法を操ることが出来る魔道具は、今まで見たことはもちろん聞いたこともなかったので、ダメもとで訊いてみることにした。

「面白いことを考えるのぉ。確かにその方法なら使えるかもしれんな。巷でも販売している魔道具の中には似たような物があるかもしれんからな」

「それでは――」

「しかし仮にそのような魔道具があったとしても、聖属性魔法を発動する魔道具を作るのは難しいかもしれん」

「それは聖属性の魔力を保有している魔石がないからでしょうか？　それとも他に何か要因があるのでしょうか？」

もし聖属性の魔石がないだけであれば問題は解決する。実は聖属性の魔石に関してはイエニスで過ごしていた頃、ポーラとリシアンから実験してみたいと頼まれ、浄化した魔石へ俺の魔力を込めたものがある。

ポーラとリシアンに最上級品だと評価してもらったその魔石が、魔法袋に幾つか入っているのだ。

しかし、どうやら人生はそこまでは甘くないらしい。

「その両方じゃな。聖属性の魔石を落とす魔物はおらんし、仮に治癒士ギルドで聖水などを用いて聖属性の魔石を作り出したとして、そもそも聖属性魔法の魔法陣の解析が成功したことは一度もない」

確かにオルフォードさんの言っていることは正しい。

何度も魔法陣詠唱で魔法を発動してきたのだが、その度に何故か魔法陣の文字や記号が微妙に変化してしまっていて、正しく把握することが出来なかったのだ。

ただ、当時はそれが当たり前のことだと思っていたし、解析する必要もなかったから、調べることはしてこなかったのだ。

「中々いいアイディアだと思ったのですが、詰めが甘かったようです」

「いやいや面白い発想だし、着眼点は素晴らしい。もし良ければ研究所で属性付与することが出来る魔道具の開発に当たらせてみよう。いつかルシエル殿の目的が叶う、そんな日が来るかもしれんぞ」

やはり昨日とは別人に見えてしまうな。

これがハッチ族のハチミツの効果なのか、それとも元々オルフォードさんの性格が世話焼きなのかは分からないけど、協力的なことにただ感謝したい。

そこへ身支度を終えたナディアとリディアが、隣の部屋からやってきた。

「「ルシエル様、オルフォード殿（様）、おはようございます」」

「おはよう、二人とも。なんとオルフォードさんが昨日の魔法修練を見ての考察と対策などをまとめてくれたんだ」

俺が嬉しそうに伝えると、二人はお互いの顔を見合ってからオルフォードさんに頭を下げた。

「「ありがとうございます」」

「ふぉふぉふぉ。やる気がある者なら大歓迎じゃぞ。ああ、それと別に嫌ってはおらんから安心するがよい」

オルフォードさんはそう二人へと軽く告げると、悪戯っ子のような笑みを見せたが、俺は苦笑いを浮かべるしかなかった。

オルフォードさんがどうやって情報収集しているのかは分からないが、どうやらネルダールという領域では隠し事などは無駄なのだろうな。

「お詫びという訳ではありませんが、朝食を一緒にとりませんか？　ハチミツ水もつけますよ」

「！　是非お願いしたい！」

昨日、ナディアとリディアにハチミツ水の取り扱いについて注意されたけど、お世話になった人へお返しなら問題ないだろう。

ハチミツ水と聞いて元気になったオルフォードさんを見るに、この人には物体Xよりも、ハッチ族のハチミツで交渉した方がうまくいきそうだ。いや、そう確信した。

それから食堂へと移動した俺達は、昨日と同じように出来合いの料理を魔法袋から取り出して並べていく。

本当は今朝から何か作ろうかとも考えたのだが、オルフォードさんの体調を考えると、早めに食事をして自室へ戻ってもらった方が良いと判断したのだ。

結果的にオルフォードさんは朝食を食べ終え、ハチミツ水で満足すると、至福の表情を浮かべながら食堂から出て行った。

その際、一眠りしたら昨日と同じように訓練場へ顔を出すと言ってくれた。

「さて、今から予定通り食料庫を整理しようと思う。オルフォードさんから貰った資料は、食料庫を整理した後で魔導書庫へ行ってから読むことにしよう。午後は訓練場で魔法の特訓ということで」

「「はい」」

二人ともしっかりと返事をしてくれたのだが、ナディアがそこから自問でもするように小声で呟いた。

「それにしてもオルフォード殿がただの面倒見の良いご老人だったとは……」

「私はあまり話されないので嫌われていると思っていましたが、そうではなかったんですね」

リディアもナディアの言葉に思うことがあったのだろう。ただ、二人の警戒心を高めてしまった責任は俺にあることは明白だった。

「二人は俺のために警戒してくれていたのだし、責任は全て俺にあるのだから気に病む必要はないよ。二人には迷惑をかけることになるけど、念のためこれからも警戒はしておこう」

「「はい」」

それから厨房の中へ入って洗い物を済ませると、いよいよ食料庫を開ける時がきた。

「数十年前の食材が入っている食料庫……時間停止はされているのだろうけど、開けるのには勇気がいるな」

前世でも、業務用の冷凍庫に半世紀前の肉や、十年たった缶詰など、噂には聞いたことがあったけど、自分が実際に遭遇すると躊躇（ちゅうちょ）するな。

「臭いが酷くなければいいですね」

「未知の食材があるかもしれませんよ」

二人は未知との遭遇に好奇心が抑えられないようで、食料庫の扉の前でそわそわした様子だった。

俺はその姿がおかしくなって笑ってしまった。

「笑うなんて酷いです」

「ルシエル様、笑っていないで開けてください」

「はいはい。それじゃあ開けるぞ」

俺が食料庫の重い扉を開けると、想像とは違う世界が広がっていて、ただただ驚愕することになった。

08　食料庫に残った痕跡

「り、竜？」

扉を開けた瞬間、数メートル先に青い竜種だと思われる頭部、というよりも正に顔がこちらを向いていたので、俺は驚きのあまり固まってしまった。

その後ろでナディアが剣を抜き、リディアが杖を竜の顔へ向けたので、俺も慌てて幻想剣を魔法袋から取り出したのだが、そこであることに気がついたナディアが竜の顔へと近づいていく。

「ルシエル様、どうやらこの竜は既に死んでいます」

その言葉で冷静さを取り戻して見てみると、竜はぷかぷかという擬態語が聞こえてくるかのように浮いていた。もっと正確に言うと、食料庫の中を漂っている感じだ。

そこで改めて食料庫を見回してみると、その竜だけではなく、色々な魔物がまるで空中遊泳を楽しむように空間に浮かんで漂っているのだ。

食料庫と聞いて、幾つも棚が並べてあるのだろうと想像していたのだが、驚きのあまり夢を見ているのではないかと本気で疑った。

「……俺が開けたのは本当に食料庫の扉なのか？」

そう呟いたのには理由がある。

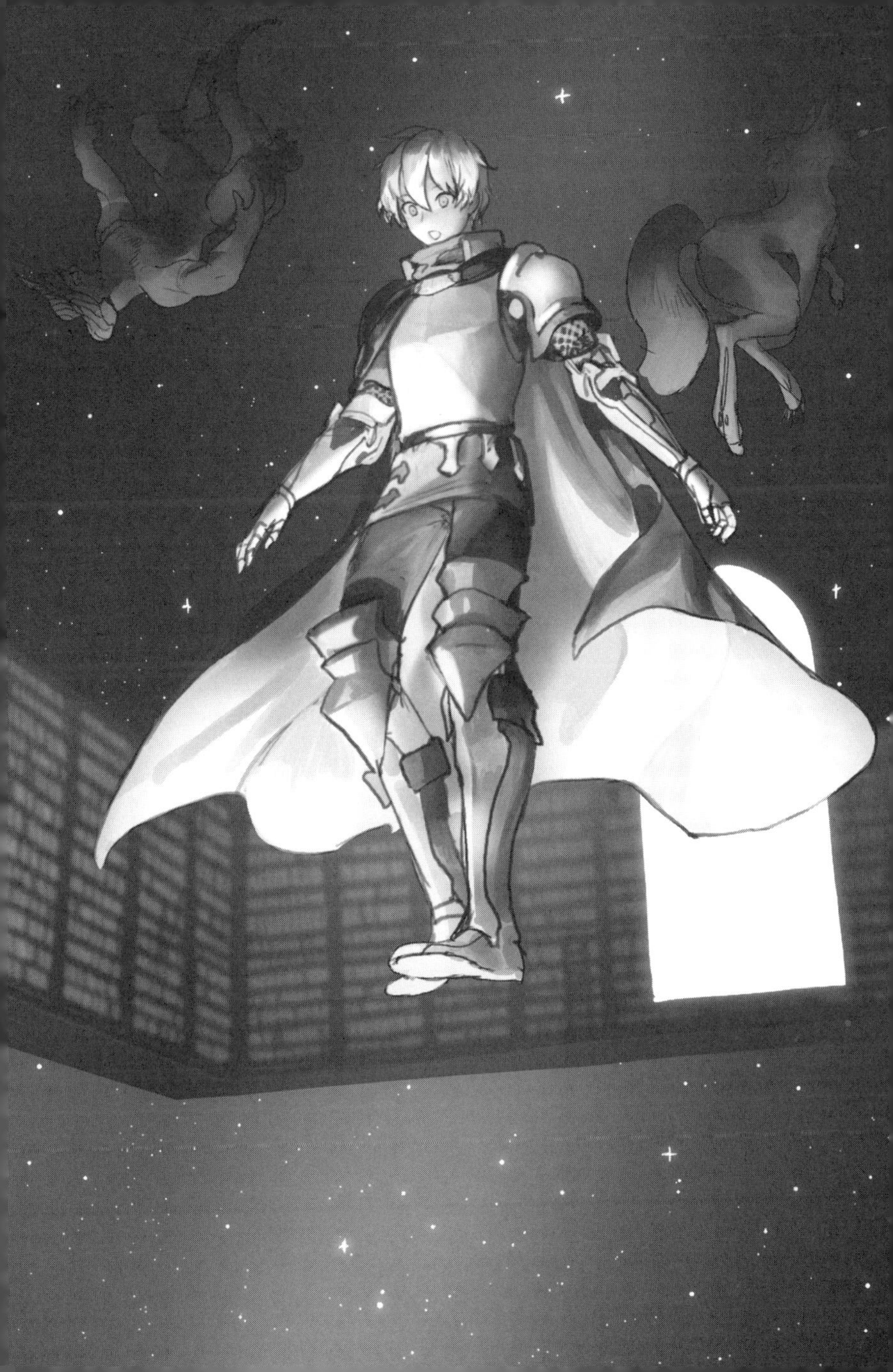

食料庫の内部は、夜空をイメージしているのか、まるで星空の中にいるような空間が広がっており、星が灯りの役割を果たしている。ただ、踏み出そうにも床も星空なので、落ちるかもしれないという意識が働いて中に進むことが出来ない。

しかもその空間に凶悪そうな魔物が数えきれないほど浮いているのだから、夢にしか思えなかった。

「調べてみないと分かりませんが、全て食用の魔物なのではないでしょうか？」

「この中に誤って閉じ込められてしまったなら、待っているのは死しかないのではないか？」

「いえ、この食料庫はどうやら人が中にいる場合、扉が閉まってしまうことがないように設定されているらしいです。扉の裏の張り紙に注意事項として書かれていました」

扉の裏側にまだ真新しい紙が貼ってあった。とはいえ、時間が停止しているとしたら新しいも古いもないよな。

「……この注意書きが正しいのなら大丈夫か。しかしこの食料庫に入るっていうのはなぁ……」

正直、この宇宙空間に入るのが怖かったのだ。

するとそれを察したナディアが、面白いものでも見たように微笑むと、何の抵抗も見せずに食料庫へと入っていった。

「おい、まだ調べていないのに危ないだろう！」

さすがにこんな意味が分からない部屋へ、一人で行かせるわけにはいかなかった。

「大丈夫です。何がどこにあるのか、一通り場所を把握したら戻って参ります」

「あ、私も行ってきます。ルシエル様は念のため、こちらで待機していてください」

そう言ってリディアも笑顔で食料庫へと入っていく。

俺は見送ってしまった二人の後ろ姿を見て、自分の恰好の悪さに膝を突き、もっと勇気を出すべきだったと悔やんだ。

だが、好奇心は何たらということわざがあるのだと、帰ってきたら二人に教えてやらねば……。

さて、このまま何もせずにぼーっとしていても時間の無駄なので、仕方なく内部を外から観察することにした。

浮いている魔物に目を奪われがちだったが、奥の方に宇宙空間とは似つかわしくない扉が幾つか見えた。

「他にも扉があるってことは……」

部屋があるのだろうと推測することは出来たが、全員が中に入るのはさすがに危険だ。とりあえず中の探索を二人に任せることにして、俺は扉が閉じないように気をつけながら、オルフォードさんから貰った資料に目を通すことにした。

昨日の魔法修練中、あの湯気のように俺の体内から立ち昇ったものは魔力で間違いなく、視認することが出来たのは魔力が多かったかららしい。

ただその魔力が体外に出ようとした段階で、何かの原因により押し止(とど)められている状態だったと書かれていた。

「なるほど。身体強化の要領で試したあの魔力が身体に纏(まと)わりついているような状態になったのは、魔力が魔法にならずに垂れ流しになってしまっているのと同じことだったのか……」

あの魔力が身体に纏わりついているのを維持することが出来たら、魔力耐久力が上がったりするんだろうか？　それならば魔法を放つ敵がいても何とかなりそうだよな。

あれ？　でもそうだと仮定した場合、なぜ幻想杖に俺の魔力を流し込むことが出来たんだろう？　幻想杖に流し込めたってことに、何か重要なヒントがあるような気がするんだけどなぁ……。

そんなことを考えていると、ナディアとリディアの二人が興奮した様子で食料庫の中から戻ってきた。

それも一頭のビッグボアを二人で担いでだ。

「ビッグボア……どうして担いできたのか説明してもらえるかな？　それと二人揃って随分と嬉しそうな理由も……って、そのビッグボア……やけに大きくないか？」

今までもビッグボアは狩ったことがあるし、食したこともあるのだが、それよりも二回りは大きい気がする。

「ルシエル様、見たことがない魔物がたくさんいました。これも普通のビッグボアだと思っていたんですが、実は数十年間も存在が確認されていない、幻のビッグポークなのです」

随分詳しいな。でも、猪ではなくて豚？　それよりも何故これが豚になるんだろうか？　この世界の豚といえばオークのはずだ。

「……あまり魔物の生態に詳しくないのだが、このビッグポークはオークやビッグボアの系譜という認識でいいの？」

「諸説あるようですが、長い年月を掛けて、環境による生態の変化があったと言われています」

「ビッグボアのように攻撃的ではなく臆病な性格なので警戒心がとても強かったと、魔物図鑑にも書いてありました」

「そうなんだ……調味料はあるから、解体をして魔法袋にしまいたいところだけど……残念ながら、浄化魔法が使えないいんだよな」

俺がそう告げると二人は明らかに落胆した顔を見せる。

しかし、解体してこれだけ綺麗な厨房を血で汚すのは、どうも気が引けたのだ。

こんなことなら俺のことを支えてくれる治癒士を、一人ぐらいは同行させてもらえるように頼むべきだったたか。

とはいえ、こういうことに付き合ってくれていたジョルドさんは、今や治癒士ギルドのイエニス支部でギルドマスターだし、気軽にという訳にはいかないだろう。

いずれにしても、ネルダールへと来ることが出来る人数には制限があるんだから、考えても仕方ないか。

「……そのビッグポークを食べるのは、俺が聖属性魔法を取り戻してからだ。他に色々と珍しいものがあるんだろうけど、今は諦めて……。それじゃあ俺も一度見てくるから、この資料でも読んでおいてね」

「「……はい」」

二人があからさまにテンションを下げ、しょんぼりとしたところで、ビッグポークを魔法袋へと入れた。

食べるのはまだ先の話だけど、出来ることならプロの料理人に料理してもらった方が楽しめるだろう。

何も絶対にネルダールで食べなくてはいけないわけではないのだから。

そう考えながら宇宙空間へと足を踏み入れると、身体から重量が失われていった。

「こ、これって不味くないか？」

足が地面から離れてしまうだけで、なぜこんなにも安心感が消えていくのか……。

あの二人はどうやってこの中を自由に動けたんだろうか？　頑張って進もうとすると普通に直進し始める。

「……もしかして意思の力で移動することが出来るのか！」

その自由さに高揚感が沸き上がってくるのを感じた。

ただその時ふと、二人が中に入って直ぐに出てこなかったことを思い出し、その間もずっと扉が開いている状態だったので、食料庫内部の時間も外と等しく経過していたことに気がついた。

それはこの空間に浮遊している食材が腐ってしまう可能性を示唆しているため、俺は慌てて目的である奥の部屋へ続いているであろう扉へと移動することを意識した。

「完全に飛んでいるみたいだな」

そんなありきたりな言葉を呟いてしまっている時点で、俺もどうやらかなり浮かれてしまっているらしい。

それでも目的の扉へとたどり着くことが出来たのだから良しとする。

奥に見えた扉の数は全部で三枚だった。一番右側の扉を開けてみると、大量の調味料が種類ごとに置かれている部屋だった。

砂糖や塩、それに唐辛子や胡椒、食用オイル、さらには味噌や醤油のストックまであり、かなりの量だった。

「これを作ったのって魔術士ギルドの職員か？　その割には明らかに……まさかな」

あまりに現代的な調味料の数々に違和感を覚えたが、ひとまず物色を続ける。

俺は折角なので、醤油と味噌を味見用としてかめ壺一つずついただくことにして、魔法袋へ入れた。

その他にも何故かケチャップやソース、マヨネーズまでストックしてあることが分かり、変なテンションになりそうだった。

「……これだけのケチャップやソースを作るのにはかなりの食材が必要だ。それに、かなりの手間を掛けて作っているはずなのに、あまり量が減っていないってことは……」

俺は静かにその部屋を出て、真ん中の扉を開けてみることにした。

すると今度は野菜をストックしてある部屋のようだが、その数が尋常ではなかった。

「これでは野菜室ではなく倉庫だな」

食料庫の魔物やこれだけの野菜がストックしてあるなら、世界中で食糧危機が起こっても一年以上は問題ないだろう。それこそ一人や一家庭で消費しようとすれば、数十年どころか数百年は暮らせる量だ。

転生した時代が違うけど、俺はレインスター卿（きょう）という存在を知っているし、あの人なら全て問題を解決してしまうことが出来たのではないかと思えた。

俺もイエニスの地下で、食糧危機が起こっても対応出来るように備えはしていたけど、あの人は規模が違った。

これだけの力を持っていると、普通の英雄などではなく、地上に降りた神……現地神のような存在として見られていてもおかしくないだろうな。

そんな期待される圧力（プレッシャー）を受け続ける環境においても結果を出し続けていたのだから、レインスター卿の生き様はやはり勇者だったんだろうな。

まぁ、本人にその自覚があったかどうかは別として……。

それともそんな圧力から身を隠すためのネルダールだったのだろうか？

野菜は、イエニス産のものを大量にストックしてあるので、品質の確認の分だけ袋に詰めた。

「さてと、最後の部屋に行ってみるかな」

そして最後の部屋の扉を何気なく開けた俺は、再び驚愕することになった。

「何故、異空間にある扉の先にジャングルがあるんだよ」

扉の先に待っていたのは、腰ほどまで伸びた雑草と、天井が見えないぐらいに生い茂る木々だった。

イエニスの地下ではドランが魔改造した基地を造り上げ、ポーラが擬似太陽を造っていた。

同じようにロックフォードでも、地下に町が造られていたことに驚いた。

しかしここは根本的にレベルが違った。

まず時空魔法で擬似空間を作製して固定し、その中に新しい空間を造り上げているのだ。

もはや空間を創造しているのだから、神の行いといっても過言ではない。

ただそれにしては意味が分からない。

何故こんな森をわざわざ造る必要があったんだろう？　俺は既に引き返すという意識はなく、何かに導かれるようにその空間へ足を踏み入れた。

するとこの部屋の中には重力までちゃんと存在していて、何となく安心感があった。

森の中には既に収穫することが出来る木の実がいくつも生っていた。

「この空間はともかく、この森はレインスター卿とは別の人が手入れしていた気がする……」

その理由は、これだけの木々や植物をバランス良く成長させることが出来るのはエルフだからこその業だからだ。

しかもレインスター卿が造った空間に干渉することが出来る時点でかなりの……となると、ここを手入れしていた人物が誰なのか想像することは容易い。

「教皇様へのお土産として、ここに生っている果実や木の実を持ち帰らせてもらおうかな」

そう呟き、そろそろ戻ろうと辺りを見回した時だった。

何か呼ばれたような気がして振り返ると、他の木々に守られた一本の木に金色の果実が生っているのが視界に入った。しかし目にとまったのはその金色の果実ではなく、その奥にある小さな木。それに惹かれて近づいていく。

するとその小さい木には、リンゴの形をした白色の果実が一つだけ生っていた。

「金色の果実よりも存在感のある果実か……」

普通なら惹かれることもなさそうなのに、今はこの白いリンゴが何だか力になってくれそうな予感がする。

一歩間違えなくても毒リンゴにしか見えないけど、俺に毒は効かないし、この空間に生っているということは食べられるからだろう。

レインスター卿が関わっているという妙な安心感が、俺の警戒レベルを引き下げているのかもしれない。

俺はその白色の果実を丁寧にもいでから、魔法袋に入れた。そして理由はないのだけれど、果実をもいだ木に魔力を流し込んだ。

何故そんなことをしたのか自分でも分からないのだけど、そうしないといけない気がしたのだ。

すると少しだけ魔力が注げたので、これが回復魔法の代わりになればいいと自己満足しながら森を抜け、宇宙空間の食料庫から出たのだった。

「ルシエル様、結構長かったですね」

「中で何か発見したんですか?」

出入り口まで戻ってくると、ナディアとリディアが笑顔で話しかけてきた。

オルフォードさんからもらった資料がテーブルに幾つかに分けられているので、しっかりと目を通してくれていたようだ。

これがポーラとリシアンなら、俺に許可を取らずに再び食料庫へと突撃していただろう。

その光景が頭に浮かび、イエニスでの暮らしが懐かしくなった。

二人が聞きたそうにしているので、食料庫内部で俺が見てきたことを話す。

「奥には調味料と野菜が大量にストックしてある部屋があったよ。あと白色の果実を一個もいだぐらいかな」

「果物なんてありましたか？　調味料と野菜しかなかったと思ったのですが？」

「私もそう思っていました」

「そう……なの？」

もしかすると、俺だけしか認識することが出来ない扉だったのだろうか？　ありえそうで怖い。

「それでその白色の果物って、美味しそうでした？」

「いや、まさに毒リンゴっぽい見た目だったよ。ただ、毒に関しては耐性があるから、ちょっと食べてみようかと思って。二人も食べてみたい？」

「「遠慮させていただきます」」

二人はハモリながら、遠慮がちに笑った。

食料庫の食材は、量も質も十分満足できるものだった。それを確認することが出来たし、数十年前の食材でも抵抗なく食べられそうで安心した。

今後は食料庫の食材を用いて炊事していくことにしよう。

それから二人と、今日の昼食と夕食の献立を話し合った。

ナディアとリディアは、あのビッグポークを食べたいようなので、俺は豚肉を使った料理をイメージしていく。

そこで導き出された献立は、しょうが焼きと豚汁だったのだが、ポン酢もあったので豚しゃぶも捨てがたいと頭を悩ませ、その時に食べたいものを作ればいいと結論を先延ばしにして、魔導書庫へと向かうことにした。

魔導書庫に着くと、昨日の三人組が俺達が来るのを待っていた。

「おはようございます。えっと、メインリッヒ伯爵令嬢」

「おはようございます、ルシエル様。私のことはエリナスと呼んで下さって結構ですわ」

「それで何か御用でしょうか？」

「ええ、少し研究に行き詰まっておりまして……ルシエル様にご助力いただけないかと思いまして」

こうやって研究に助力を求めるのは普通のことなんだろうか？　どちらにせよ今は余裕もないし無理だな。

「助力ですか……。余裕があれば吝(やぶさ)かでもないのですが、昨日お伝えした通り、我々は昨日ネルダールを訪れたのです。申し訳ありませんが、当面は教皇様からの命がありますので、そちらを優先しなければいけませんので、お断りさせていただくことになります」

俺がそう告げて三人の横を通り抜けようとすると、エリナスさんがボソっと何かを呟いた。

ん？　なんか言ったかな。

「申し訳ありませんが、聞き取れなかったので、もう一度お願いしてもよろしいでしょうか？」

これで、無視したと外交問題にでもなったら、目も当てられないからな。

すると彼女は顔を真っ赤にして、今にも泣きそうな顔で口を開いた。

「……もうお金がありませんの。研究費も底を尽いてしまい魔導書庫へ入るチケットも買えませんの。ですから、お金を貸していただけませんか」

「へっ？」

その予想外の一言に、俺は固まった。

ここに来ている以上は国の支援を受けているはずだ。

それなのに、お金がないとはどういうことなのだろうか？

「本国からの送金があるのでは？」

ナディアが俺の代わりに訊く。

さすがに二人にとっても祖国なので、今回の件に疑問を感じているのだろう。

「それはその……」

エリナスさんが言いづらそうにしているところを、後ろに控えていた昨日とは違うお側付きの女性が答える。

「我々がネルダールにやって来てから、およそ一年が経ちます。使用した額が白金貨十枚程となり、支度金として渡されたものは全て使い切ってしまいました。追加資金を受けようにも研究成果が一つも挙げられていないので……」

それ以上は語らなくても分かった。しかし、ブランジュ公国の知恵が何も成果を挙げられていないことに驚く。

何か難しい研究をしているんだろうか？　助力を頼まれたけど研究の手伝いではなく、資金を援助して欲しいってことみたいだしな。

「ブランジュ公国から来られている方は、他にもいらっしゃるみたいですが？」

するともう一人のお側付きの女性が答える。

「我が国の貴族は些細なことでも領地の奪い合いになることもあり、足の引っ張り合いをしておりまして……」

資金の貸し借りで領地が増減するのか……領民は堪ったものではないな。

だから恥を忍んででも、知り合ったばかりの俺に資金を借りたいと願ったのか。

それにしても、俺が弱みに付け込むとは思わないのだろうか？　まぁ、ナディアとリディアが一緒にいる時点でそれはないと判断したんだろうな。

どうしようかと悩んでいると、ナディアとリディアが何故か頭を下げた。

エリナスさんを援助してほしいということなのだろう。

「とりあえず我々は午前中は、魔導書庫で勉強します。今回だけは一緒に入室しましょう。それと資金のことに関しては、ナディアとリディアに相談してください」

ある程度の稼ぎはあるし使うこともないから、お金を出すのは簡単だ。でも、そのことに時間を取られるのも煩わされるのも遠慮したい。

「あ、ありがとうございます。やはり聖治神の使徒様ですわ」

「何ですかそれは？」

「ブランジュ公国でのルシエル様の通り名ですわ。腐敗していく治癒士ギルドに胸を痛めた教皇様の御心が、聖治神の使徒を呼び寄せた。使途はS級治癒士となって治癒士達を統率し、見事に治癒士ギルドを再建してみせた。そのような噂を耳にしました」

「そんな噂が広まっているのですか？」

「ええ。他にも、聖治神の使徒だからこそ清廉潔白で、腐敗によって利益を得ていた悪徳奴隷商人や悪徳治癒士を懲らしめるのだと、子供達の歌にもなっているようですわ」

「…………」

「他にも、普通は報復が怖くて出来ないと思いますが、ルシエル様は武勇まで優れているので……」

ヤバイ、これ以上はもう俺の精神が耐えられない。

「噂ってあることないこと広まるものですからね。さぁ中へ入りましょう」

俺は魔法袋から冊子を取り出して魔導書庫の扉を開くと、逃げるように中へと急いだ。

背後に五人の残念そうな気配を察知して、胃が痛くなるのを感じるのだった。

09　自信を取り戻すために

魔導書庫へ入った俺は五人から離れて座り、オルフォードさんの考察と対策が書かれた羊皮紙を読み始めた。

その中の、ある考察に矛盾が見つかった。

俺の魔力が垂れ流しになっているのなら、なぜ俺の消費した魔力が身体強化で使用した魔力だけだったのだろうか？　魔力回復のスキルがあるとはいえ、ずっと垂れ流しているのだからもっと減っていないとおかしいのだ。

今までの経験上、身体強化のスキルを発動させる時には体内で魔力を高速循環させる必要があるのだが、循環できなかった魔力は喪失することになる。だが、身体強化で喪失した魔力しか消費されていなかったのだ。では、垂れ流していたはずの魔力は何故減っていなかったのか、その矛盾に気がついたのだ。

当然そのことについての説明は書かれていなかった。

徹夜っぽかったし、考察の段階である程度の矛盾があるのは仕方ないか。

そんな簡単に正解が分かったら誰も苦労しないよな。

しかし、次の資料を読んだ俺は急激にテンションが上がっていく。

そこにはこう記載してあった。

この世には斬撃を飛ばす者達がいるらしく、それは自分の中にある魔力を刃に乗せて飛ばしていると推測される。

仮にその斬撃をルシエル殿が修得することが出来れば、下手な魔法を打つよりも魔力消費も少なく、かなり強力な遠距離攻撃として用いることが出来るだろう。

ただ、あの杖のようにルシエル殿の魔力に耐え切れるほどの強度を誇り、スムーズに魔力変換することが出来る魔力伝導率の高い武器など見つかるだろうか……。

その文章を読むと、幻想杖を幻想剣に変形することができるのだから、斬撃が飛んでいく理論さえ分かれば、俺にもあの飛ぶ斬撃を放つことが出来るということだ。

聖属性魔法とは違うジャンルではあるものの、聖属性魔法を失ってから一番心が躍る情報だった。

グランドルの迷宮で修行していた時も、幾度となく師匠とライオネルが放っていた飛ぶ斬撃を真似しようとしたが、放つことはかなわなかった。

しかし、理論さえ分かれば俺にも放てるというのなら、出来るまでひたすら精進するまでだ。修行の時間が待ち遠しく感じる。そして今ならどんな困難にも耐えられる気がする。

さらに資料を読み進めていくと、飛ぶ斬撃の考察までしっかりと書かれていた。

「オルフォードさん、ハチミツを追加させていただきます」

そう呟きながら内容を読み進めていく。

飛ぶ斬撃を放つために垂れ流しになっている魔力を剣に全て注ぎ込み、打ち出すイメージが体外の魔力に干渉して……。

しかし、そこからの内容はかなり専門的な言葉で書かれていて理解することが出来なかったので、今は把握することを諦め、オルフォードさんから直接指導してもらうことにした。

でもこれで、自衛するための最低限の武力を得る希望が持てたのは気持ち的に大きい。

それにしても、目的が聖属性魔法の復活だったのに、いつの間にか戦うことが含まれている時点で、俺も色々変わってきているのかもしれない。

苦笑いを浮かべて資料をさらに読み進めると、読むほどに上がっていたテンションが一気に下降していき、気分が悪くなっていった。

ジョブ治癒士に転職する場合に必要なことは、聖属性の適性があること。

仮にこれでジョブの項目に治癒士がなければ、人を助けたいと想うよりも何かを強く憎む負の感情に支配されている可能性が高い。

それが解消してもジョブに治癒士が出ない場合は、主神クライヤと聖治神が定めた運命(さだめ)であることを受け入れる他はない。

人を助けたいと想うよりも、強い憎しみという負の感情に支配されている……いや、これはないな。

師匠やライオネルを助けることが出来たのだから、もし邪神とまた遭遇したらまずは撤退を試みるだろう。まぁ、無意識に恨んでいるっていうのは、少なからずあるかもしれないが……。

あの時のことはあれがベストな選択だったと自負しているし、成し遂げた自分を誇りに思っている。

そうすると主神クライヤと聖治神が定めた運命が、治癒士には戻れないということなのだろう。

他に聖属性魔法を使えるのは神官、聖騎士、賢者、聖女、そして勇者だけだ。

その中で俺がなれる可能性があるとしたら、転生特典のＳＰをつぎ込めば属性適性を得ることが出来る、賢者だろうな。

まぁ聖属性の適性は既に取得済みになっているので、再度取得することは出来ないんだけど……。

没頭するように読んでいたらしく、ついに最後の資料に目を落とした。

そこには、『神々の嘆き及び物体Xを開発した変人が賢者に至った』と書かれており、少なくとも百年以上は賢者のジョブが発現したことはないらしく、賢者は何かジョブが変化したものではないかと推測されている。

ただ、賢者に至った者は、六精霊である光、闇、火、水、土、風の加護を授かっていたらしい。

救いがあるとすれば、基本四属性の魔法適性のスキルレベルは当時の力量から、そこまで高くなかったと判断されていることだ。

「修行することで賢者のジョブを授かれるなら良かったのに……」

そう呟きつつ、さらに資料を読むと、賢者に至った者が晩年に漏らした一言が、様々な憶測を呼ぶことになったことが記されていた。

その内容は「神々の嘆きをもっと早く作ることができれば、もっと早く賢者へと至ることが出来た」ということだ。

数百年に一度花をつける世界樹に生る黄金の果実。その近くに百年周期で花を咲かせる博愛の樹があり、そこに生る白色の実を食べることで賢者への扉を開いたらしい。

しかしその白色の実を食すには、毒などの状態異常を覆すほどの耐性が必要で、その耐性を得るためには神々の嘆きが必要なのだそうだ。

ただ、世界樹は既にこの世には存在していないし、博愛の樹を知る者もいないため、これは賢者が神々の嘆きを人々に飲ませるための虚言だったと後世には伝えられている。

俺はその一文を読み終え、あまりの情報量に頭がパンクしそうだったので、整理してみることにした。

変人が神々の嘆きを開発した理由は、白色の実を食べて賢者になるためだった。

それは白色の実を食べることが出来れば、賢者に至ることが出来るってことだ……。

「はっ？」

この神々の嘆きって、物体Xになる前の丸薬のことだよな。

神々の嘆きって賢者になってから作ったものではなく、賢者になるためには白色の実を食すことが必要だったから開発したのか。

それなら俺は既に白色の実を食べても平気な状態ってことだ。

何故なら耐性のほぼ全てのスキルレベルがもう少しで最高値であるXになるのだから。

「よしっ！」

思わず声を出してしまったので皆の視線が俺に集中してしまった。取り繕うように何でもないと苦笑いを浮かべて手を振っておく。

物体Xが開発された目的には驚いたが、そうなると賢者になってから治癒士ギルドに所属したのだろうか？　それとも功績作りのために冒険者ギルドへ物体X製造機を寄贈したのだろうか？　調べようにも賢者の資料はそこで終わっていた。

これは意外な事実を知ってしまったな。

賢者に至ることが出来るのなら、まずは魔術士ギルドの中心にある噴水へ行ってみるべきか。

もしレインスター卿が教えてくれた通りなら、噴水に行けば風の精霊と会う事が出来るからだ。

そこで加護を何とか授けてもらわないといけないのだけれど、仮に加護を得たとしても、あの白色の果実が本当に記述のあった白色の実だったとしても、書いてあった通りの効果があるかも分からないし、何より生き残れるか分からないのは正直に言って怖い。

それでも本当にジョブが賢者になれば、聖属性魔法が使えるようになる。これは悪い賭けではないはずだ。

きっとジョブが治癒士のままだったら、もっと慎重に考えるのだろうけど……。

「このままだと危ない気がする……」

たぶんオルフォードさんが調べてくれたものは正しいだろう。

しかし全てを鵜呑みにしてもよいものなのか、そんな気持ちもないとは言えない。

きっとこの、人を疑ってしまう心の壁は憎しみと同じように聖属性魔法を使えなくする負の感情なのではないだろうか……。

俺の可能性を、俺が一番に信じてあげることがきっと重要なのだろう。

何故なら警戒することがあっても、基本的には自分の行動を信じてここまでやってきたのだから。

俺はそこで目を閉じて自分と向き合うことにした。それが賢者になるためには必要なことで、賢者になるタイミングもまた自分と向き合った先にある気がしたのだ。

聖属性魔法で最初に覚えたのはヒールだった。

最初は発動することも出来なかったのに、努力した結果が形になる世界だったからエクストラヒールやリヴァイブを発動することが出来るまでに成長した。

そこまで頑張った理由はただ怖かったからだ。

元々は無力な存在だったけど、生きるために治す力を与えてもらった。治す力は皆に喜んでもらえたから、メッキが剥がれないように必死に努力して自分の力にしようと頑張ったのだ。

そして頑張った分、優しい人達や信頼することが出来る仲間が周りに集まってきてくれた。

それが嬉しくてさらに頑張った。

水の精霊が絶望する未来を予言してくれたことで、聖属性魔法を失う覚悟は出来ていた。

やっぱりメッキは剥がれてしまうのだと、失った時に思ったのだ。

でもその結果、師匠やライオネルを救うことが出来たのだから、満足している。

もし何も知らない状態で聖属性魔法という与えられたメッキが剥がれていたら、俺は師匠とライオネルを救った自己満足の後に、二人を恨むことになっただろうか？　あの、周りが全て敵に見えてしまった、売れない営業の暗黒時代のように……まぁ、それはないか。

あの時は自分の力を過信していたし、悪いことが立て続けに起こって、信頼していた人達からも裏切られたように感じて、自ら負のスパイラルの中に身をおいていたようなものだ。

このまま聖属性魔法を発動することが出来なくても、地に足をつけて生活していくことは出来るのだから、あの精神状態に陥(おちい)ることはないだろう。

俺はゆっくりと息を吐き出す。そして顔を上げて目を開き、当時からの座右の銘を呟く。

「実力は努力してのみ築けるもの也。幸運はきっかけに過ぎず、努力しなければ機会(チャンス)にも気がつくことはなし。ただその機会を活かせるかどうかは己の努力の結果也」

あのとき営業の暗黒に陥ってしまった俺に、変わらずに接してくれた先輩が、トップアスリートが努力について語ったものをごちゃ混ぜにして贈ってくれた言葉だ。

その言葉を聞いて、自分の努力をしっかり見てくれている人もいるのだと思い、立ち直るきっかけになったのだ。

それが今も俺の座右の銘となっている。

少し長いとは思うが、壁に突き当たって迷ったときは必ずこれを唱えていた。

本当に不運としかいえない時もあるけど、それと同じくらい幸運も確かに存在しているのだ。

しかし幸運は恥ずかしがり屋だから、いつもは隠れている。

地道な努力で土台を築き、準備をしている者には幸運がたまに顔を見せるようになり、機会が訪れる。

もちろん世の中は平等ではないから、機会の数も増減はするだろう。

でもその機会を得てから、ようやく今までの努力が試されることになるのだ。

だが、勘違いしてはいけない。頑張っているのは自分だけではなく、皆一緒なのだ。

それでは結果を残すには何が必要なのか？　それは自分のやるべきことをブレずにしっかりやってきたという自信だ。

その自信が心に余裕を生み、視野が広がって新たな幸運が訪れてひょっこりと顔を出してくれる。

ちなみに、やるべきことをやって結果が残せなかった場合は想像していた以上に凹む。

でもその理由をしっかりと調べ、次の機会に活かせるのは、次の機会までさらに努力を積んだ自分だけなのだ。

そう考えると、戦闘訓練には心血を注いできた自負はあるけど、魔法を詠唱する以外に聖属性魔法を発動することで努力したことなんてなかった気がする。

もしここで直(す)ぐに賢者のジョブを授かれるとして、俺はそれが努力の結果だと誇れるだろうか……。

いや、きっとどこかで引け目を感じるだろう。ならば、賢者へと至る道標(みちしるべ)が出来たことで心にゆとりが生まれたことだし、しっかりと魔法について学んでいこう。

それで自分自身に納得した時に賢者へと至ろうと思った。

「オルフォードさんの言葉通りに焦らず、この時間もしっかりと知識を蓄えて成長するために必要なのだと捉えて必死に学ぼう」

風の精霊に直ぐ会いに行きたい気持ちもあったが、魔法や属性の知識を深めて自信をつけてからでも遅くはないのだから、しっかりと学んでから会いに行くことを決めた。

そこへナディアとリディアがエリナスさんを連れてやってきた。

「ルシエル様、エリナス様の資金援助の件なのですが、何とか融資していただけないでしょうか？」

「エリナス様のお話を聞いていたら他人事には思えなくて、私からもお願いしたいのですが……」

ナディアとリディアが申し訳なさそうに融資を依頼してきたので、何か理由があるんだろう。

「資金を援助するのは構わないけど、融資ということは返金する意志があるということでしょうか？」

エリナスさんの研究が何だかは分からないけど、返済意思のある融資を求めてくるとは思っていなかったから少し見直した。

「勿論ですわ。融資していただけるだけでも有難いのに、それ以上のことを求めるには信用がないですし、関係も深くありませんもの」

エリナスさんは俺達との関係を正確に客観視しているらしい。別に返金されなくても、関わりがなくなるのであれば、それでいいと考えていたのだが、普通に融資してもいいと思えた。

「それでは研究がうまくいくまで融資します。以降のやり取りは、ナディアとリディアと調整してください」

「本当にありがとうございます。使徒様は懐が深い方ですわ」

俺は使徒という言葉を聞き、苦笑いを浮かべるしかなかった。

この日を境にやることが明確化して、変な干渉が入ることもなく、受験生さながらの猛勉強を開始することが出来た。

俺は魔導書庫の論文や書籍に片っ端から目を通して知識を蓄えていき、それと並行して、垂れ流しになってしまっている魔力を制御することが出来ないか、訓練場で試行錯誤の日々を送ることになったのだった。

10　運命神の加護

決意を固めたあの日からおよそ三ヶ月間、俺は精力的に魔導書庫に眠る書籍に目を通して、色々な知識を蓄積していった。

ナディアとリディアも何処か吹っ切れた様子の俺に感化されたのか、精力的に魔法の修練を始め、初級属性魔法の発動に成功しても手を緩めることなく、今では、初級属性魔法ではあるけれど、詠唱破棄で魔法を発動することが出来るように成長していた。

ちなみに二人と甘い関係になったとかそういうことはなく、一緒に過ごしているので仲良くはなったが、兄が妹二人と共同生活をしてる感が強い。

そうなった理由は俺が料理を担当し、洗濯などの雑事を一緒にしていたことで、世話を焼く係になったからだろう……。

俺は魔法を発動することが出来ないままだが、それでも魔力を幻想剣へとスムーズに込められるようになってきた。

その延長線上である斬撃を飛ばすことはまだ出来ていないが、腐ることなく訓練を続けている。

それとオルフォードさんだが、思っていた以上に世話を焼いてくれる人だった。

疑問に思ったことや知りたい知識を質問すると、即答はせずに次の日には関連資料とともにレポートを作っては持ってきてくれるのだ。

俺はお礼としてハッチ族のハチミツを渡すぐらいしか出来ないのだが、とても具体的なアドバイスとレポートにより勉強は凄く捗(はかど)った。

まぁ、飛ぶ斬撃が一度も成功していないのは、俺の剣術スキルが低いからかもしれないが……。

オルフォードさんの考察によれば、剣術スキルが足りないか、もしくは魔力を放つためのスキルが別途必要なのかもしれないとのことだった。

でも三ヶ月前とは違い、いまは不思議と焦るような気持ちはなく、この環境を楽しめていた。

その理由ははっきりとしていて、俺が、この世界へ転生してから訪れた中でネルダールが、一番安全な場所だからだろう。

あまり人と会うこともないし、景色は綺麗だし、何にも縛られないからだ。

ナディアとリディアがいるから孤独ではないし、むしろ二人が俺以上に努力をしている姿を見て負けられない気持ちになり、やる気が下がることがなかった。

そんな修行の日々を送っていたある日、俺だけがオルフォードさんの部屋へと呼び出された。

「失礼します」

「急に呼び出して、悪かったのぉ」

オルフォードさんが出迎えてくれて、俺とオルフォードさんは鏡の中へと移動した。

席についても中々口を開かないオルフォードさんに痺(しび)れを切らし、俺から用件を訊(き)くことにした。

「オルフォードさん、急に二人で話がしたいとは何か火急な用件でもあったのですか？」

「ふむ。斬撃に関しては時間が解決してくれそうじゃな」

本題には入らず修行の話から入ったので、もしかすると飛ぶ斬撃の仕組みが分かったのだろうか？　しかしそれならば訓練場で教えてくれているはずだ。

「そうですね。これも全てオルフォードさんのおかげですよ。しっかりと学ぶ機会をいただけて感謝しています」

「それは良かった。それで呼び出した理由だが、ルシエル殿が秘蔵しているハチミツ酒を分けてもらうためじゃ！」

目を見開いたオルフォードさんからは、いつもとは違う印象を受けた。

「えっ？　まさかそれが用件だったのですか？」

今までの三ヶ月間、オルフォードさんはハチミツ酒について一度も口にしていなかったから俺は面喰らってしまった。

何故、今になってなのだろうか。それだけが頭に浮かぶ。

そんな俺の様子を見てオルフォードさんは微笑み、窓の外に目を向けて言葉を口にする。

「うむ。今宵は満月じゃから、我が表に出ることが容易なのだ」

我？　今まではオルフォードさんは自分のことを儂と言っていたはず……満月が綺麗だから気分が高揚しているのだろうか？　そう考えたところでオルフォードさんから受ける印象にはどこか覚えがあることに気がついた。

「……何事かと思いましたが、ここで飲むぐらいのハチミツ酒であれば、日頃の感謝としてご提供させていただきます」

「話が分かるのぉ」

本当に嬉しそうな表情をするオルフォードさんだが、やはりいつもと何かが違う気がする。

しかしせっかくお礼を兼ねてハチミツ酒を提供するのだから、しっかりと楽しんでもらいたい。

ひとまず考えることを止め、俺は魔法袋からグラスを二つ、そしてハチミツ酒の入った壺を取り出し、グラスへハチミツ酒を注いでいく。

綺麗な琥珀色のハチミツ酒を注ぐと、部屋の中に甘い香りが拡がっていく。

「それでは乾杯するかのぉ」

「そうですね」

もう待ちきれないといった表情のオルフォードさんを止めるのも酷なので、グラスを持って軽く上げた。

「「乾杯」」

俺がグラスに口をつけると、オルフォードさんは一気にハチミツ酒を飲み干した。

その瞬間、頭の中に機械音が響いた。

ピロン【称号　風の精霊の加護を取得しました】

「はッ？」

あまりにも突然で固まってしまった。

「ふぉふぉふぉ。ハチミツ酒はやはり美味いの。おかわりを所望したいのじゃが、いいかな？」

ドッキリが成功したことを喜びながら、俺の滑稽な姿を肴にしてオルフォードさん……の身体を借りた風の精霊はハチミツ酒を要求した。

「……はい。おかわりはいいんですが、オルフォードさんに風の精霊が宿っているという認識でいいですか？」

「少し違うな。今はオルフォードの身体を間借りさせてもらっているのじゃ」

その言葉に困惑してしまう。

エスティアと闇の精霊は契約していて、闇の精霊はエスティアの身体に宿っているという認識だ。

だから入れ替わることで圧力が跳ね上がる。

しかしオルフォードさんと風の精霊は、入れ替わることに意識を集中していなかったら気がつけないレベルだ。

それなのに身体を間借りしているというのは、いったいどういう契約なのだろうか？

俺は混乱したまま何とか風の精霊のグラスにハチミツ酒を注ぎながら、今回の加護の件について尋ねることにした。

「えっと、どうしてこのタイミングで入れ替わったのでしょうか？」

「それはこっちが訊きたいわ！　我がオルフォードに内緒で、賢者になるヒントを資料の中に紛れ込ませたのに、何故いつまで経っても噴水に現れなかったのじゃ？　お主は噴水の場所を確認しておったし、我に会いにくれば加護を得られることも分かっておっただろ」

何故か風の精霊に怒られているんだけど、まさか精霊が文字を書けるとは思わなかった。

　さてここは下手に取り繕うことは止めて、本心を伝えることにしよう。

「あのヒントは修行する励みになりました。ありがとうございます」

「うむ……」

「ただ、あのヒントを得た時点で賢者のジョブを授かろうとしていたら、今後、聖属性魔法を失ったのと同じことが起こった場合、俺はきっと諦める選択肢が頭に浮かんでしまう気がしたんです」

　だからこそ、メッキではなく、絶望に耐えることが出来る最低限の下地が必要だったのだ。

「まだ準備は終わっていないと？」

「いえ、そろそろ聖属性魔法を取り戻したいと思っていました。このネルダールは居心地がとても良いのですが、俺が再び聖属性魔法を発動することを願ってくれている人達が待っていますから」

「それなら賢者になる資格を得てから修行すればよかったのではないか？」

「賢者になることが出来ても聖属性魔法を発動することが出来るのか、そのことが不安だったんです。そのために賢者となっても聖属性魔法を発動することが出来ない場合を想定して、知識を得る必要があったのです」

「そういうことか……。だが賢者に至るまでの道のりはまだまだ果てしなく先だぞ。お主は我の加護を得たことで、六精霊の加護を手にした。次に六属性の魔法スキルレベルを全てXにすることで、ようやく賢者のジョブと至ることが出来るのだからな」

　そう悩ましげに深淵（しんえん）を覗くような眼で語りかけてくる、風の精霊だった。

　風の精霊の言葉を聞き、俺は冷や汗が出るぐらい焦っていた。

「あの、白色の実は？」

「白色の実……ああ、博愛の樹に生る実だな。今はもうなくなってしまったが、世界樹の近くにあったな。もしかして世界樹の跡地を探す気だったのか？　確かに白色の実があれば大幅に時間を短縮して賢者へと至れるであろう。されど博愛の樹のあった太古の森には竜種がゴロゴロいるから、今のお主の実力では白色の実を見つける前にその命が刈られてしまうぞ」

太古の森って、そんな危険な場所があるのか……。

もし普通に手に入れることを想定した場合、万全な状態の師匠とライオネルが一緒でも遠慮するだろうな。

しかし、風の精霊と話をしていて分からなくなったことがある。

三ヶ月前に俺が食料庫の奥の森で見つけたあの白色の実のことだ。

オルフォードさんがくれた資料の中に、世界樹には黄金の果実が生り、博愛の樹には白い実が生ると書いてあったと思ったんだけど、風の精霊もあの空間のことは知らないのだろうか？　もしくは俺の願望で、あれがキーアイテムとなる白色の実なのだと勘違いしているのだろうか……。

俺は風の精霊との会話に集中することが出来ず、賢者がどうやって白色の実を手に入れることが出来たのかが気になっていた。

賢者の情報で分かっていることは、周囲に変人だと思われ、神々の嘆き（物体X）を作ったということだけだ。

その実績やジョブ、人柄、強さなどは全て、記録がないのだ。

そもそも賢者なのだから、レインスター卿のような自伝や物語が存在していてもいいはずなのに、一切そういう書籍を見かけたこともないことに気がついた。

「そろそろ考えはまとまったかの？」

オルフォードさん……の身体を借りている風の精霊はハチミツ酒を手酌しながら、俺が問うのを待っていてくれた。

「俺がなろうとしている賢者……その賢者のジョブを授かった方のことが知りたいです。その方はどのようにして白色の実を手に入れたのでしょうか？」

「教皇をしているフルーナが与えたのじゃ。当時のフルーナには支えてくれる賢者の存在が必要じゃったからな」

風の精霊は俺から視線を逸らして、月を見つめた。

その意味深な態度と発言が非常に気になってしまうが、当時から教皇様は絶対的な教会の象徴だったはず。

その教皇様に信頼され、支えになっていた人物なら、知勇に優れていた可能性が高い。

しかし風の精霊は賢者のことを話したくないみたいなので、俺は一番気になっている点を訊くことにした。

「もし私が賢者のジョブを授かれたら、元のように聖属性魔法が使えると思われますか？」

「それは正直に言って分からない」

風の精霊は頭を振って答えた。

「賢者は全ての属性魔法を発動することが出来るとの記載がありましたが、違うのでしょうか？」

「本来、賢者とは、人生の全てを魔導の探求に捧げるような変人がなるジョブじゃ。その理由は膨大な知識と精神力が必要で、さらに全ての属性適性を保有する才能と運があって初めて就けるジョブなのじゃ。だから全ての魔法が使えるというのはあながち間違いではない」

「可能性はあるということですよね？」

「文献などを調べてみても、賢者へと至った者は勇者より少ない。そのため分かっていることも少ないのだ。だからお主のように聖属性魔法を喪失した者が賢者になれるのかも実際には分からない」

長い髭(ひげ)を触りながら、悩むように風の精霊はそう答えた。

確かに、賢者がそんな簡単になれるようなジョブじゃないのは分かっていたが、やはり俺は自分の未来を信じるしか道はなさそうだ。

「賢者へと至る道は果てしなく遠いですね。でも数が少ないなら私が……いや、俺が賢者となって、失った属性適性を取り戻せることを証明してみせます」

「ふむ、いい覚悟じゃ。まぁ聖属性魔法を失っても神の恩恵を受けているのだから、悲観することもあるまい。ただ、お主には精霊の加護と龍の加護がある以上、自分の限界を常に超えていく覚悟が必要じゃぞ」

「……まさか加護による弊害があるんですか？」

急に不安で息が詰まりそうになりながらも、誤魔化(ごまか)さないできちんと耳を傾ける。

そして絶望の序曲の幻聴が聞こえてくる。

「お主が属性魔法をいくら唱えても発動することが出来なかった原因は、きっとそのせいじゃ」

「はっ？」

「そもそも龍の加護は強靭な肉体へと昇華させるために魔力を体内に押し留めようとするし、精霊の加護は精霊達が好む魔力へ変化させ、精霊魔法を使いやすくする。だから加護を得ていない属性の魔法は使いづらくなるのだ」

風の精霊は残念そうな口振りだが、何故か口許が笑っているのが見えた。

いや、きっとこれは被害妄想なのだろう。それにしても聖属性魔法を再び発動することが出来るのだろうか？　また俺の前に大きな壁が出現したように感じた。

「あの、もしかして俺が正規のルートで賢者になるのって、詰んでいる気がするのですが……」

「いや、精霊魔法士となり精霊魔法を極めれば、そのルートからも賢者にはなれると思うぞ？」

そんな人は物語の中の人だけだろう。しかも転生龍の加護が無意味になる気がする。

「レインスター卿なら……」

「ほぉ。レインが賢者でもあったことを知っているとはな。文献には残っていなかったはずだが実に興味深い」

勇者だけじゃなく、賢者でもあったんかい……。まぁ、レインスター卿ならそれが当たり前だと思えるが、な。

「あの人なら何でもありでしょうから……。ちなみに俺が本当に精霊魔法を極められるとでも思っていますか？」

「まぁ、普通は無理じゃな。しかしお主には運命神の加護も宿っておるじゃろう？」

これは転生者だということもバレているな。オルフォードさんの時にも鑑定されているし、精霊なら転生者についても詳しいだろう。

「はい。しかし運命神の加護は、レベルが上がる時にSP取得が少し多くなるだけのものでは？」

「ふぉふぉふぉ、そんなものは副産物に過ぎんよ。それは、本来決められた運命でも死ぬ気で足掻いた分だけ不遇を断ち切ることの出来る、最大級の加護なのだぞ」

「そんなに凄い加護だったのですか！」

それなら邪神との戦いで、誰も死なせることなく生還することができたのも、そのおかげなのだろうか？

風の精霊は、賢者の話の時はあれだけ口が重かったのに、レインスター卿の名が出たら饒舌だな。どんどん新たな情報を教えてくれる。

「当然だ。だからこそ神の加護は、試練を乗り越えた者だけが授かれるのだぞ」

運命神の加護は転生したから、聖治神の祝福は試練の迷宮を一人で踏破したからだと思っていた。

でも、そうなると……。

「豪運や覇運スキルを取得したのは、意味がなかったってことでしょうか？」

豪運先生と覇運先生をリスペクトしていたのは、間違いだったのだろうか？　いや、確かに助けられてきたと思うので間違いではないだろう。

ただ、選択が間違いではなかったと風の精霊に肯定してほしいのだ。

「はぁ～。いくら逆境を跳ね返すことが出来る加護があったとしても、その二つがなければ邪神との戦いで光明すら見えずに死んでおったぞ」

その言葉を聞いて、ほっと胸をなでおろした。

「無駄じゃなかったならそれでいいです。この二つのスキルは俺を支えてくれる、縋りたい存在だったので」

「最後は運に縋ると？」

「おかしいですかね？」

「ふぉふぉふぉふぉ、なるほどのぉ。努力が出来るお主ならばきっといつかは賢者になれる日も来よう……。ふぉふぉふぉふぉ」

何故か高笑いをする風の精霊を見て、食料庫の奥の森で手に入れた白色の実を食べて賢者になって驚かせたいという欲求が湧いた。そうして、俺が賢者になれたとしたら、このネルダールの中枢にいると思われる転生龍と、相対する時がくるのかもしれないと直感的に思った。

そういえばロックフォードでレインスター卿に教えてもらった、風の精霊の協力を得るための魔法の言葉。あれを叫ばずにすんだのは、少し助かったかな。

噴水にはナディアとリディアも同行してもらうつもりだったから、いきなり叫んだら、またおかしい目で見られる可能性もあった。

とはいえ、風の精霊が目の前にいるのだから、ついでに魔法の言葉について訊いてみようかな。

「話は変わりますが、噴水の前に立ち「オラが世界を統べる世界最強にして最速のウインド様だ」と叫べば、加護をいただけたのでしょうか⁉」

先程までは上機嫌だったはずの風の精霊から、絶望したどんよりとした空気が流れだした気がする。

「ロックフォードです」

「……我に空中艇を任せたと思ったら、レインの奴は地上にとんでもない爆弾を遺していったようじゃな」

風の精霊はプルプル震えていたが、やがてこちらを見てから口を開いた。

「もし誰かにそのことを言ったら、加護を取り消すからの。それどころかルシエルの魔法が使えなくなったという噂を世界中にばら撒くからの。それが嫌なら直ぐにさっきの言葉を忘却するのじゃ」

あまりの威圧感に俺は頷くことしか出来なかった。

間違いなくオルフォードさんは精霊付きなのだと理解させられた。

「ならばよい。それでは明日、風龍と水龍にお主を会わせよう。やつらから龍の力の使い方を訊くとよい」

「明日？　そんなに急ぐことはないのでは？　だって迷宮化していないのだから、邪神の呪いを受けてはいないのですよね⁉」

「昔から変化はない。しかし、このネルダール内部の情報は我でも探ることが出来ないから、会いにいくしかないのだ」

あまり仲が良くないことはこれまでの精霊や転生龍とのやり取りで予想していた。でも、邪神の呪いを受けていたら困るし、実は心配でもあるから俺に加護を与える口実で転生龍の様子を窺(うかが)いたい……そう思っている気がした。

ただ、俺としてはネルダールを浮遊させているのが転生龍なら、邪神の呪いを受けていることが分かった時点で解呪することになるから、ネルダールが沈んでしまうのではないかと、危惧(きぐ)していた。

もうレインスター卿が浮遊するのを維持するシステムを構築していることを願うばかりだ。

「明日が運命の日になりそうです」

「それならば今宵は思う存分ハチミツ酒を堪能しようぞ」

風の精霊は楽しそうに、グラスに入ったハチミツ酒を飲み始めた。

こうして翌日、俺達は風龍と水龍がいるとされるネルダールの中心部へと、足を踏み入れることになった。

11　守護するもの達

オルフォードさん……ではなく、風の精霊とハチミツ酒を酌み交わした翌朝。

聖シュルール共和国に割り当てられている食堂にて、ナディアとリディアと一緒に朝食を食べながら、本日の予定を伝える。

「今日は魔術士ギルドの噴水へ行くことにした。たぶん強敵と戦闘になる可能性があるから、気を引き締めて欲しい」

「風の精霊様とお会いになるのですね。私にも力を貸してくれるとよいのですが……」

少し緊張した面持ちでリディアがそう告げてきたが、風の精霊からはリディアを見極めたいから自分のことは黙っていてほしい、と頼まれた手前、話すことはできない。

ちなみに風の精霊に、加護を与えてくれた理由を訊(き)いたら、思考が単純で力に溺れることもないから、と言われた。

「このネルダールで戦闘の準備ということは、もしや転生龍様との邂逅(かいこう)があるかも知れないのですか？　私は龍神様の加護を授かっているものの、龍神様から天啓を受けたことがあるのは一度だけなので、転生龍様と会えるのがとても楽しみです」

確かに聖龍や炎龍は戦闘になることもなかった。しかし土龍や雷龍との邂逅で立て続けに死にかけた俺としては、戦闘になるのが非常に怖い。

ただ苦笑いを浮かべるしかなかった。

「ルシエル様、聖属性魔法がないのに龍を解放することは出来るのですか？」

リディアは冷静に龍との戦闘になった場合を想定してくれたのか、とても心配そうに話す。

そんなリディアの心配は十分に分かっているし、何の対策もなく龍の根城に行くほど俺に蛮勇はない。

土龍や雷龍の例があるし、今回は水龍と風龍の双龍と相対するのだから、万全な状態でもかなり厳しい。

双龍が邪神に呪われていないのならいいんだけど、嫌な予感ほど当たってしまうのだ……。

それならばこちらも出来るだけのことをしておくしかない。

保険としては弱いかもしれないけど、ナディアがいれば龍神の巫女として双龍に殺されてしまうことはないだろう。

しかし戦闘になった場合は、二人を何としても守り抜くつもりだ。

そしてそのためには、俺が再び聖属性魔法を扱えるようになることが絶対条件だ。

そのための覚悟は昨夜からしていた。

俺は魔法袋から白色の実を取り出して、リディアの問いに答える。

「正直なところ、このままでは解放することは出来ないだろう。だからその確率を上げるために今からこれを食べようと思う」

白色の実を見たナディアが、怪訝そうな顔で口を開く。

「そのリンゴは毒入りだと判断されていましたよね。ずっと食べることがなかったので廃棄したと思っていたのに、まだ魔法袋の中で保管していたのですか」

「わ、私はその果物を食べない方がいいと思います」

リディアは白色の実が毒だと認識しているからか、少しだけ距離をとった。

「何も逃げることはないだろう。これを食べると運が良ければ賢者になれるみたいだから、試してみたいんだ。もしそれでも聖属性魔法が戻らないのであれば、それはその時に考えるよ」

俺は心配をかけないように軽く伝えた。

「禍々しくはありませんが、とてつもなく存在感があって、側にいるのも辛いのですが……」

「ルシエル様、食べ物一つでジョブを得られるなんて聞いたことがありません。お止めになられた方がいいと思います」

二人は白色の実を警戒するが、俺にはただの果物に思える。

ただ二人がこの白色の実を警戒するのは何となく分かる。

この白色の実は、物体Xを飲み続け、状態異常を覆すほど耐性を上げていなければ、食べた瞬間に命を落としかねない果物だと知っているからだ。

昨夜風の精霊に偶然に白色の実を手に入れた場合、食べてもいいのか、その危険性について何か知らないのかと、問うた。

風の精霊曰く、神々の嘆きを開発した賢者は猛毒、麻痺、混乱、石化、脆弱、魔封の状態異常を感じたらしい。

さらに、白色の実を分析するために、少量を食べさせた実験が行われたのだが、食した者は例外なく、過去のトラウマという牢獄の中へと放り込まれてしまったらしい。

そのため、精神耐性のスキルレベルが高くないと錯乱した後、廃人になってしまうことも多かったそうだ。

その話を聞いて俺も悩んだが、己のステータスを見れば、聖属性魔法だけでなく、色々と努力して乗り越えてきたことを実感することが出来た。

まぁ、最終判断はステータスの内容だった訳だが、俺がこの世界へと転生してきて一番努力してきたことを自分自身への説得材料にしたのだから、覚悟はあっさりと決まった。

「これは状態異常を覆すほどの耐性のある人間じゃないと食べられないんだ。物体Xが開発されたのは、これを食べて賢者になるためだったらしいんだ」

「「……物体X」」

二人は更に一歩退いた。

どうやら二人も物体Xを飲んだことがあるらしい。

冒険者ギルド本部があるグランドルでは白狼の血脈に師事していたのだから、洗礼として飲まされていてもおかしくはないだろうな。

「それじゃあ食べるから、もし意識がなくなっても騒がずに、意識が戻るのを待っていてほしい」

白色の実は正しい食べ方などはないらしいので、景気づけに物体Xを飲んでから齧（かじ）りついた。

物体Xを事前に飲んだからであろうか、白色の実の味や匂いを感じることがないまま食べていく。そして全て難なく食べ終えてしまった……。体調に変化もなく、変わったような気もしない。もしかすると本当にただの勘違いなのだろうか。そんな不安が押し寄せてくる。

「ルシエル様、身体に何か違和感は？」

「……普通に物体Xを飲んだ……」

ナディアは身体の心配をしてくれるが、リディアは物体Xを普通に飲んだ俺を信じられないような顔をして見つめていた。

そういえば、二人と会ってからはレベルを上げるために物体Xを飲むことはなく、浄化魔法も発動することが出来ないので、魔法袋の中に封印していたんだった。

「身体に違和感はないよ。それよりも食べたのに全く変わらないことが……」

ステータスを開いてみても、聖属性魔法の項目がグレーのまま、ジョブも賢者になったり増えたりはしていなかった。

さすがに何も変わらなかったのがショックで、足元がふらついて椅子にどっかりと座った。

やはりあれは白色の実ではなかったのだろうか？　実はかなり美味しい果実で、物体Xで味を消してしまったのではないか？　そんな考えが頭の中を巡って身体が震えだし、やがて身体から力が抜けていく。

これで待っているのは数十年の修行か、それとも竜種がゴロゴロいるという博愛の樹があるとされる太古の森まで行くしかないのか。

それにしても地面がなんでこんなに近くにあるんだろう？　そんな疑問が頭に浮かんだ次の瞬間、その答えに辿り着く前に俺の視界が真っ暗に染まってしまった。


意識はしっかりしているのに、まさかショックで倒れてしまうとは情けない。

このままだと二人に心配をかけてしまいそうだと、自分に気合を入れて起き上がろうとした。

しかし身体に全く力が入らない。

自分の心と身体のバランスが取れていないとこうなるんだな。

仕方ないので、深呼吸してまずは目を開こうとする。そこでようやく違和感に気がついた。

真っ暗になったのは、ただ単に目を瞑(つぶ)ったからだと思っていたが、目はしっかりと開いていたのだった。

そして徐々に、目が慣れてきた。

すると暗闇だった世界が少しずつ見えるようになってきたのだが、今度は自分のいる場所が分からなかった。

……ここは何処(どこ)だ？　あれ？　声も出ない。

やはり意識だけはしっかりと働いているようだ。

近くにいる二人に起こしてもらおうと思ったが、伝える方法がない。

しかしここでナディアとリディアの反応がないことに気がついた。

その瞬間、心拍数が一気に上昇していくことが分かる。

俺は必死に状況を確認しようとして、これは白色の実を食べた影響なのではないかと推測した。

すると、先程までは何もなかった筈なのに、前方に黒い渦が見えるようになっていた。

もしかしてあの渦に飛び込むのか？　そう考えた途端、眩い光が世界を照らし、それが収まると黒い渦はきれいさっぱりとなくなっていた。

それどころか、先程までの暗い空間から、いつの間にか真っ白な空間へと移動していた。

いったいここは何処なんだろう？　そして俺の目の前に浮遊するこの四つの球体はいったい何なのか……。

色はそれぞれ白銀色、緋色、黄土色、黄色だ……？

もしかするとこの球体は――。

「聖龍、炎龍、土龍、雷龍なのか？」

さっきまで声を出すことが出来なかったのに、しっかりと声が出せた。

四つの球体は俺の言葉に呼応するかのように輝くと、聖龍、炎龍、土龍、雷龍が、首を揃えて出現した。

ただ本当に頭部だけなので、顔以外を見たら後悔することになりそうだ。

「久しいな、ルシエルよ。どうやら順調に賢者の道を辿っているようで我らも安心したぞ」

声をかけてきたのは聖龍だった。

しかも以前とは違い、滑舌がすこぶる良くなっている。

治癒士のジョブを失ったことに少なからずショックを受けていた俺は、聖龍の無神経な言葉に気が立ってしまった。

「別に賢者の道を辿りたくて辿っている訳じゃない！」

俺は感情のまま叫んでしまったが、直ぐにそれが八つ当たりだったことを自覚した。

「いまのは完全に八つ当たりだった。いきなり怒鳴って申し訳なかったです。本当は聖龍とまた会う機会があったら、ちゃんとお礼が言いたいと思っていたんだ。貴方が骨や鱗を残してくれたおかげで、俺は死ぬことなく今まで生きて来られました。本当にありがとう」

「かっかっか。律儀じゃのぉ。こちらも無神経だった。それにしても随分と変わったようだな。我が解放されるまで、ずっと疑っておったのに」

聖龍はそうやって嬉しそうに語るが、俺にとっては生きるか死ぬかの極限状態での交渉だったと記憶していた。

まぁ土龍や雷龍と戦闘を経験したことで、聖龍が如何に慈愛に満ちていたのかを知ったのだが……。

「若気の至りというか、転生龍を初めて見たので、警戒していたんです。今では最初に解放したのが聖龍で良かったと思っているよ」

するとそこで、炎龍が会話に交ざってきた。

「聖龍、あまり時間がないのだぞ。まぁ、龍神の巫女を見つけたのは褒めてやりたいが、よもや精霊王の加護を持つ者が妹とは……」

ナディアはともかくリディアのことも知っているのか……。もしかすると加護を与えた者の状況がある程度分かるのだろうか？

「炎龍、まぁよいではないか。ルシエルよ、この世界は重婚も認められているのだから、決められなければ両方を娶(めと)るがよい」

聖龍が宥(なだ)めに入るが、そこへ土龍が口を挟んでくる。

「ルシエルよ、龍神の巫女だけにしておけ。惚れたらずっと一途だぞ。さて、時間がないから我が本題を告げよう。起きたらきっと賢者になっていることだろう。しかしお前は聖属性魔法以外の魔法を、使用することが出来ないだろう」

土龍の言葉に賢者になれるのだという安心感を覚え、聖属性魔法以外は使用することが出来ないという言葉に戸惑い混乱してしまう。

「それって精霊の加護と龍の加護が反発するからですか?」

「そうだ。まぁ、巫女が解決するかもしれんが……」

それならば精霊と龍の力を得るはずだったルミナさんは、どういった存在になる予定だったのだろうか。

「精霊と龍の巫女になるはずだった方がいらっしゃるのですが、その場合はどのように力を制御することになっていたんでしょうか?」

つい気になり余計なことを口走ってしまった。

「それは何のことじゃ」

「いや、ブランジュ公国で龍神と精霊王の加護を授かるはずだった方がいたのですが、その方は貴族特権として成人を迎える前に聖騎士のジョブを授かることが分かり、成人する前にブランジュ公国から旅立ち、それから少なくとも五年以上は経過してから、ナディアとリディアがそれぞれ巫女になったと本人達から聞いたので……」

本来の成人の儀を受ける年齢の基準は十五歳だ。ただ、成人の儀が加護を与えるためのものなのかが定かではないため、一応訊いてみたんだけど、どうも転生龍達の様子がおかしい……。

「「「……」」」

「あの？」

「あやつめ、それほど重要なことを隠しておったか。今度会ったら説教をせねばなるまい。ルシエルよ、この惑星ガルダルディアと我等が生まれたのは、さほど変わらない時期だ。それから長い年月の中で、龍の加護と精霊の加護の両方を所有した人類は数える程しかいない」

あやつとは一体？　それに雷龍が何もなかったかのように先程の土龍の話を引き継いだのはいいとして、まぁ、龍と精霊の加護を複数授かっている時点で特殊であることは分かる。

たくさんの人間がそんなに加護を所有していたとしたら、加護の有難みが減るだろうからな……。

すると今度は聖龍が言葉を引き継ぐ。

「精霊と龍が人々に加護を授けるようになり、運がいいのか悪いのか両方の加護を授かってしまった場合、例外なくその加護が反発しあい、力が使えなくなってしまったのだ」

「でも例外がいますよね」

「そう。我等の力と精霊の力を合わせて昇華させて使うイレギュラーが出現したのだ」

「レインスター卿(きょう)の存在は正にイレギュラーだと思いますよ」

「レインのことを知っているなら話が早い。我等の魂が込められた首飾りを所持しているな？」

「はい。いまは大事に魔法袋の中にしまっていますけど」

「この空間から戻ったら、これからはいつも首にかけておくのだ。そして魔法をイメージして放つ時、我等の名前を組み込むのだ。さすれば汝の求める覇の力も自ずと目覚めていくであろう」

「……いやいやいや、俺が求めているのは覇の力ではなく、癒しの力である聖属性魔法ですよ」

覇運を取得したからと言って、覇王になろうとは一ミリも考えたことはない。

「何じゃ、そんなことか」

その言葉を聞いた聖龍がもの凄く軽い感じで呟いたと思ったら、ウインクしてきた。それと同時に青白い光が身体の中に入ってくる。

身体が何だかポカポカと温かくなってきた。

「ん？　そろそろ時間のようだな。ルシエル、お前に子供が出来たら、我の加護を与えてやるからな」

炎龍がそう告げてくる。

「名残惜しいが仕方ない。ルシエルよ、龍族が至上だということを忘れるなよ」

土龍はどうしても龍を至上だと言い残す。

「今度ルシエルと会うとしたら、龍神様に謁見するときになるであろう。その時は龍神の巫女と本来の巫女の方も連れてくるのだ」

雷龍の優しさが心に染みる中で、最後に聖龍がお決まりの言葉を口に出した。

「この世界に囚われている我が同胞を解放して、魔族の侵攻を防いでくれることを祈っているぞ」

「ちょっと、さらっと魔族の侵攻を食い止めるミッションを追加しないでくださいよ」

「「「「さらばだ」」」」

俺の言葉を無視して、四龍は再び球体となって光を放つと、視界が白く染まった。

「うっ」

「ルシエル様、やっぱりご気分が悪くなられたのでは？」

「物体Xに未知の食べ物まで口にするからです。お姉様、私達が止めなくてはいけなかったのではないでしょうか」

眩しい光とともに現実へと帰還したみたいだったが、どういう訳か倒れたと思っていた俺は椅子に座ったままの状態で、時間は全く進んでいないようだ。

二人は俺が気持ち悪そうに座ったまま黙り込んでいると思ったようだ。

すると二人が、ずっと黙っている俺の様子に慌て始めたので、俺は大丈夫だと告げると、さっきまでのことが夢ではないことを祈ってステータスを確認することにした。

いつも通りホログラムウインドウが出現したので確認し始めたのだが、突如どこからか水滴が垂れてきて、俺の手の甲に当たった。

その水滴が、自分の目から汗が零れ落ちたのだと気がつくまでに、然程(さほど)の時間はかからなかった。

そう。俺は治癒士ではなく、賢者へとジョブチェンジを果たしていたのだ。

そしてもう一つ、重要だった問題が解決していた。

「よっしゃ――――!」

気がつけば俺は叫んでいた。

俺のそんな挙動に驚いてキョトンとする二人に、賢者へのジョブチェンジが叶った事を伝え、ステータスで灰色表示だった聖属性魔法が白色表示へ戻ったことを説明した。

二人が自分のことのように喜んでくれたことも嬉しかった。

そして他に変わっているところがないか、詳しくステータスを確認してみるが、変わったところはなさそうだった。

ジョブが灰色表示の治癒士Ⅹから白色表示の賢者Ⅰへと変わり、聖属性魔法が白色に表示されているだけで、テンションが上がる。

称号の多精霊の加護が六精霊の加護へと変化していたが、能力値の変化はレベルも上がっていないので微々たるものだ。

ただこの三ヶ月間、毎日のように剣を振り続けていたからか、剣術のスキルレベルが一つ上がっていたことが少し嬉しかった。

STATUS ―― OPEN

名　前：ルシエル
JOB：賢者Ⅰ四属龍騎士(フォースドラゴンナイト)Ⅳ
年　齢：22

ＬＶ：１９３
ＨＰ：７３１０　ＭＰ：５３００
ＳＴＲ：８５２　ＶＩＴ：９３２　ＤＥＸ：８０１　ＡＧＩ：８２５
ＩＮＴ：９６６　ＭＧＩ：９６２　ＲＭＧ：９６０　ＳＰ：86

【スキル】
［熟練度鑑定Ⅰ］［豪運Ⅰ］［覇運Ⅰ］［限界突破Ⅰ］
［体術Ⅵ］［剣術Ⅵ］［槍術Ⅳ］［盾術Ⅳ］［弓術Ⅰ］［二槍剣術Ⅳ］［投擲術Ⅵ］［歩行術Ⅷ］
［魔力操作Ⅹ］［魔力制御Ⅹ］［魔力増幅Ⅲ］［身体強化Ⅵ］
［詠唱省略Ⅸ］［詠唱破棄Ⅶ］［無詠唱Ⅳ］［魔法陣詠唱Ⅵ］［多重詠唱Ⅲ］
［聖属性魔法Ⅹ］

［瞑想Ⅸ］［集中Ⅸ］［統率Ⅲ］［危険察知Ⅷ］［気配察知Ⅴ］［魔力察知Ⅴ］
［索敵Ⅰ］［解体Ⅳ］［騎乗Ⅲ］
［生命力回復Ⅸ］［魔力回復Ⅸ］［並列思考Ⅶ］［思考加速Ⅲ］［空間把握Ⅱ］
［罠感知Ⅳ］［罠探知Ⅲ］［罠解除Ⅲ］［地図作成Ⅴ］

［ＨＰ上昇率増加Ⅸ］［ＭＰ上昇率増加Ⅸ］

【ＳＴＲ上昇率増加Ⅸ】【ＶＩＴ上昇率増加Ⅸ】【ＤＥＸ上昇率増加Ⅸ】【ＡＧＩ上昇率増加Ⅸ】

【ＩＮＴ上昇率増加Ⅸ】【ＭＧＩ上昇率増加Ⅸ】【ＲＭＧ上昇率増加Ⅸ】【身体能力上昇率増加Ⅸ】

【毒耐性Ⅸ】【麻痺耐性Ⅸ】【石化耐性Ⅸ】【睡眠耐性Ⅸ】【魅了耐性Ⅶ】

【呪耐性Ⅸ】【虚弱耐性Ⅸ】【魔封耐性Ⅸ】【病気耐性Ⅸ】【打撃耐性Ⅶ】

【幻惑耐性Ⅸ】【精神耐性Ⅹ】【斬撃耐性Ⅸ】【刺突耐性Ⅶ】【威圧耐性Ⅴ】

【称号】
運命を変えたもの　運命神の加護　聖治神の祝福　多龍の加護　六精霊の加護
龍滅士　竜殺し　巨人殺し　魔獣殺し　邪神を退けたもの
封印を解き放つもの　龍神に導かれるもの

STATUS ――――― OPEN

ステータスを見ながら、努力すれば結果となって表われる世界へやってきたのだと、幸福を感じた当時のことを思い出し、俺はヒールを発動させることにした。

「【主よ我が魔力を糧に彼のものを癒し給う　ヒール】」

久しぶりにヒールを詠唱して体調が回復するイメージで発動してみた。

するとと青白い懐かしい光がボワッと手に宿り輝き出す。

しかしそれは記憶の中にあるヒールとは少し……いや、だいぶ様子が違っていた。

魔力の消費がほぼ変動することなく、その効力はミドルヒール並みとなっていたのだ。

「これが賢者……ジョブレベルⅠなのに半端ないな」

俺の顔は、知らない人が見ればきっと引くぐらいニンマリとしているだろう。ナディアとリディアも一緒に喜んでくれる。

「ルシエル様、本当におめでとうございます」

「良かったです。本当に良かったです」

先程とは違って、二人は笑いながら泣いてくれた。

もしかすると、賢者になって、聖属性魔法が使えずにぬか喜びとなってしまうことを、二人は恐れていたのではないだろうか。

この二人にはずっと気遣っていてもらったし、精神的にもだいぶ助けてもらった。

本当に感謝している。出来ることならこれからは助けになりたいと思う。

「これで毎日あのように身体を酷使するような修練は終わりですね」

「ずっと言いたかったのですが、ルシエル様の修行の仕方は考え方が少し古いというか、夜中まで鍛えるのは少し考え方が固過ぎると思っていました」

治癒士のジョブが外れたことにより生物としての本能が覚醒してしまい、発散するために筋トレをしていたことを言っているのだろう。

雄は肉体的にも精神的にも弱っている時ほど子孫を残そうとするらしく、ネルダールへ来てから一週間ほど経った頃から悶々とする日が続いていた。

それを知ってか知らずか、誘っているのではないかと勘違いしそうなしぐさを二人がする時が多々あったり、エリナスさん達が魔導書庫の付近で迫ってくるようなこともあったのだ。

そんなことをしている場合ではないと自分に言い聞かせ、鋼の意志でそれらの誘惑を撥ね除けてきたのだ……。

それでも危ない時もあったが、最終兵器として天使の枕に身を委ねると、気がついた時にはスッキリとした気分で朝を迎えていたのだから、天使の枕があって本当に良かったと感謝していたものだ。

そして賢者となった現在、その実感はあまりないけど、感情が少し抑制されている気もする。

「二人には心配をかけて申し訳なかった。ちなみに夜中まで訓練していた理由を正直に話すと、二人とも魅力的なのに俺と過ごすことに慣れたからか、無防備になることも多かったんだよ。俺はその煩悩に負けないよう努力していたんだ」

二人は魅力的と言われたのが恥ずかしかったのか、それとも俺の発言が気持ち悪かったのか、俯いてしまった。

それでも俺は素直に自分の感じたことを言葉にして続ける。

「きっと師匠やライオネルは、聖属性魔法が使えなくなってしまった俺以上に、その責任を感じて深く傷ついてしまっていると思う。だから二人のためにも、聖属性魔法を取り戻すことしか頭になかったんだ」

二人は師匠とライオネルの話をすると顔を上げ、何度も深く頷いた。

「お二人のことを想えばこその努力だったのですね」

「ルシエル様……」

妙に感心されているけど、二人のためというだけでなく、聖属性魔法は俺の心の支えなのだ。もちろん師匠やライオネルとの関係を元に戻したいというのも本当に思っていることだけど、何も俺は高尚な精神で聖属性魔法を取り戻そうと思っていたのではないのだが、そう思われているとしたら少し罪悪感が湧く。否定するのもおかしいし、何だかモヤモヤするな……。

まぁ、二人が感動しているみたいだし、全てを語らなくてもいいだろう。

直ぐにでも魔通玉を使って、教皇様や皆へ聖属性魔法が再び使えるようになったことを伝えたいところだが、この通信は盗聴される恐れがあるらしい。

ネルダールに到着した数日後に、教皇様へ魔通玉を通じて連絡をした際に注意されたのだ。

魔力は指紋と同じように人それぞれ違うのだが、魔通玉で連絡を取っている時には魔力が流れているらしく、その魔力を音声のまま収音する魔道具があるのだとか。

ネルダールはそもそも優秀な魔法を研究する者達がいる場所なので、盗聴される可能性を考えなければならず、緊急時以外の連絡はしないように厳命されたのだった。

だから、俺が連絡する時は聖シュルール共和国に帰還する時と決めていた。

もちろん盗聴の件は皆にも伝えたので、師匠やライオネル達ともずっと連絡を取っておらず、あちらから連絡がくることもなかった。

そのため久しぶりに連絡しようとして躊躇してしまった。

師匠は冒険者ギルドの仕事が忙しく、それが終わったら魔物狩りをしてレベルを上げると言っていたし、ライオネル達もイエニスで修行していることだろう。

一つ肩の荷が下りたので、下界の様子が気になってきたな。

後ほど風の精霊に下界の様子を聞いてみよう……下界と言うと何だか偉そうだから地上だな。

色々と頭の中で思考していたら、どうやら集中し過ぎてしまい、目の前にナディアとリディアがいることをすっかり忘れていた。

「ルシエル様、聞いていますか？」

「あ、すまない。それで何だろう？」

「龍の解放後、直ぐに地上へ戻られるのですか？」

リディアの言葉を聞いて、転生龍のことがあるし、どのみち連絡するのは解放後にすることを決めた。

「実際に転生龍と会ってみないと何とも言えないけど、たぶんそうなると思う。まだネルダールで調べたいことがあるのかな？」

「いえ、調べることはもう……。ただせっかく天空都市へ来たのに、一度も魔術士ギルドの敷地から出ていなかったので、出来ればネルダールにある町を散策してみたかったんです」

少し恥ずかしそうにリディアがそう伝えてくれた。

思い返せば確かに魔術士ギルドから一歩も出たことがなかった。

あの見事な庭園を見ながらゆっくりと過ごすこともなく、ずっと勉強と修行で疲れ果てて泥のように眠る日々を過ごしてきた。

もちろん二人には自由行動を認めていたし、好きに過ごすようにも伝えていたが、結局は俺の勉強と修行に付き合ってくれていた。

それを考えれば、それぐらいのお願いは聞かなければ罰が当たるだろう。

「確かにこちらへ来てから一度も魔術士ギルドの外へ出たことがなかったな。遠慮せずにもっと早く言ってくれてよかったんだけど、言える空気を俺が作れてなかったたね。転生龍を解放したら、ネルダールを見て回れるようにオルフォードさんに頼んでみよう」

初日にオルフォードさんも案内してくれるとは言っていたけど、結局ずっと籠っていたから忘れているかもな。

俺がそう告げると二人は嬉しそうに手を取り合っていたので、色々と我慢していたのだろうと思う。

それだけ俺には周りを見る余裕がなかったということだろう。

視野が狭くなっていたことを反省し、人に優しく、自分に厳しく、そうなれるように意識していくことにした。

それから武具を装備して戦闘準備を整えた俺達は、風の精霊と待ち合わせしている噴水へ行く前に訓練場へとやって来ていた。

「ルシエル様、賢者になられたのですから、きっと他属性の魔法も発動することが出来るはずです」

「六精霊様の加護を得ているのですから、きっと精霊様達も力を貸してくれるはずです」

二人の応援は有難いが、あの龍達との邂逅での話が本当なら、聖属性魔法以外の魔法はまだ放てないだろうな。

それでも俺は龍達の言葉を信じて龍の首飾りを首に下げ、幻想杖に魔力を注ぐと、訓練場の壁を見て静かに告げる。

「炎龍、発動……？」

しかし何かが飛び出すことは一切なく、魔力が抜ける気配も一切なかった。

そこへ静けさが押し寄せてくると、少しだけ恥ずかしい気持ちになった。

ナディアとリディアからは生温かい目で見られている気がするし、普通の属性魔法を試してみるべきだったのだろうか……。

ただ、他の属性魔法に関して、実は詠唱する魔言を覚えていないため、正確に発動することは諦めたのだ。

俺は何事もなかったかのように幻想杖を幻想剣へと変え、いつもと同じように斬撃を飛ばすイメージで構えの姿勢をとった。

そして魔力を幻想剣へ流し、今度こそ外へと飛んでいくように願うと、俺は思いっきり幻想剣を振り切りながら叫ぶ。

「炎龍剣！」

次の瞬間、まるで聖域円環（サンクチュアリサークル）や聖域結界を無詠唱で多重発動したかのような、身体からごっそりと魔力を絞り取られるような感覚がした。

しかし驚いたのは消費魔力だけではなく、炎龍剣の威力だった。

もはや斬撃ではなく、小さな緋色の蛇が幻想剣から放たれ、訓練場の壁まで一瞬で到達すると、噛み付くように壁へ喰らい付いた。

ドゴォオオオオン。

その凄まじい威力と爆発音に、一瞬ネルダールが揺れたと感じた。

確かなのは炎龍剣の威力が桁違いであることだ。何故（なぜ）なら傷はつかないと思っていた訓練場の壁に、直径三十センチの穴を空けたからだ。

しかも炎は消えることなく未だに燃え続けている。

「飛ぶ斬撃というよりも飛ぶ龍……飛龍斬（ひりゅうざん）とでも呼べばいいんだろうか？」

直ぐにステータスを確認すると、その出鱈目（でたらめ）な威力に比例するように一撃で一千もの魔力を消費していた。

五発も放てば打ち止めになってしまうなんて、完全に奥の手だろう。

しかも人へ放つには威力があり過ぎて模擬戦では使えない。

自分で起こした事象にビビりながら、二人に感想を聞いてみようと振り返ると、未だに燃えている壁を凝視しながら固まっていた。

「魔力の消費が半端じゃないから、そう何度も使えないと思うけど、感想があれば聞かせてほしい」

「ルシエル様、今のは一体？　どういった魔法……そもそも魔法なのですか？　龍の波動が混ざっている気がしたのですが……」

「炎蛇が飛んでいくなんて初めて見ました。それに凄い威力です！」

魔法が得意ではないナディアは、今まで魔法を発動することが出来なかった俺に仲間意識もあったのだろう。それがいきなりおかしな威力の魔法を発動したので、ナディアは少し動揺しているみたいだが、二人から見て炎龍剣は中々の評価みたいだな。

「ルシエル様、私にもできるでしょうか？」

「ナディア、これは精霊の加護と龍の加護が反発してしまう俺が、力業で発動させたものなんだ。だから多分、俺にしか使用することは出来ない。それに、真似をする必要もないと思う」

「力業……ですか。ルシエル様、素晴らしい攻撃魔法だと思いますよ」

俺を称賛しながらも、その笑顔には少しだけ陰りが見えた気がした。

なので、風の精霊と昨夜話して得た情報をナディアに伝えてあげることにした。

「龍の加護を授かった者は、その魔力によって身体能力を向上させる」

「それは何となく理解しています」

「だから普通の飛ぶ斬撃は、ナディアの方が俺よりも早く修得することが出来るだろう。魔法の威力は魔力制御の差だと思う。魔力が身体能力を向上させるために使われてしまっているので、魔力制御が上手くないと属性魔法の威力も下がる」

「何か方法はないのでしょうか……」

「色々な属性ではなく、一属性に絞って練習した方が魔力を感じるし、制御にも慣れると思う」

「一つの魔法ですか……。それなら雷属性を重点的にしていきたいと思います」

ナディアは落ち込んだところは見せないように笑うが、それが逆に痛々しく感じてしまった。

およそ三ヶ月が過ぎ、魔法は使えるのだが、如何せんその威力が弱かった。

ジョブが剣士であることや称号に龍神の巫女があることが原因で、本来得られる熟練度が低いのかもしれない。

ただ、ナディアは身体強化をもっと極めた方が強くなれると思うんだよな。

「ナディア、魔力操作や魔力制御のスキルは取得することが出来た？」

「いえ、誰でも頑張れば覚えられると本に載っていたのですが、難しくて……」

俺が読んだ教本とは、著者が違うみたいだな。

それはさておき、二人に自身の魔力について詳しく話を聞いてみると、意外な事実が判明した。

どうやら、自分の魔力すら曖昧に感知しているだけらしく、魔力を動かすということもはっきりとは分かっていないようだ。

リディアも精霊魔法こそ使用しているが、緻密な魔力制御は精霊がしてくれていたらしく、ネルダールに来た時点ではナディアと大差なかったらしい。

「ナディア、これは奥の手だけど、ＳＰが余っているのであればＳＰで魔力制御スキルを覚えてもいいと思う」

「分かりました」

ナディアはこうして言われるがまま、魔力制御を取得した。

そして魔力制御のスキルレベルを上げるコツを教えたところで、いよいよ訓練場から噴水へと移動することにした。

ちなみに訓練場を出る際には炎龍剣の火は消えていたのだが、瞬時に修復されるはずの壁にはまだ穴が空いたままで、塞がる気配もなかった。

訓練場を壊してしまったのではないかと不安に思い、弁償にならないでほしいと本気で願ったのは言うまでもない。

12　片鱗

訓練場で新たな力を試した俺は、ナディアとリディアを連れ、ネルダールの中心である噴水までやってきた。

既にオルフォードさんは来ていて、噴水の横にあるベンチで本を読んでいた。

「オルフォードさん、待たせてしまい申し訳ありません」

謝罪の言葉を口にしながら声をかけると、本を読むのを止めたオルフォードさんがいきなり魔法を唱えた。

一瞬身構えたが、発動したのは攻撃魔法ではなく、噴水を中心にした緑の結界だった。

「これで覗かれる心配も盗聴される心配もなくなった。ルシエル殿、先程、訓練場でやたら凄い爆発音がしたが……？　なんと、自力で賢者になっておる？」

オルフォードさんは鑑定を使用したようで、唖然として固まってしまった。

教皇様が盗聴には気をつけろと言ったのは、鑑定のスキルを持っているオルフォードさんではなく、やはり他国に対しての警戒を促していたのだろう。

それと、今は精霊とオルフォードさん、どちらなのだろうか。

「ここで叫ぶと加護が取り消されてしまうんでしょうか？」

「それは忘却しろと言った筈じゃ？　止めるのじゃ！」

真顔で訊いてみると、凄い剣幕で止められた。

どうやら現在は風の精霊が表に出ているらしい。闇の精霊と違って圧力がそこまでではないので、判断するのが大変だ。

それにしても何故ここまで風の精霊が周囲を警戒しているのか、それが分からなかった。

風の精霊なら、自由になる領域もかなり広いはずだし、何か異変があればすぐに気がつけるだろう……。

「何故ここまでの警戒を？　オルフォードさんも盗聴など普段からされていることはご存じなのですよね」

「うむ……結界を張った理由は、これから起こることが外部に漏れればネルダールを維持することが難しくなるからだ。それなのにオルフォードの奴は後継者を誰にするのかを裏で悩んでおるし……」

思っていたよりもかなり重大なことだった。これから起こることというのはネルダールの中枢への行き方だろう。もし転生龍がいるのであれば中枢しかないだろうからな。

それにしても後継者が決まらなかったらネルダールは一体どうなるのだろうか？　風の精霊が違う誰かと契約するのか？　まぁ、落ちることはさすがに、ないよな……。

「オルフォードさんはいつから悩んでいるのですか？」

「もう数年はこんな調子じゃわい。全く優柔不断な奴と契約させられてしまったわ。何ならお主が後継者になるか？」

風の精霊はウンザリといった感じのポーズをとった後で、名案とばかりに戯言を言い放ったが、それがとても楽しそうだった。

「もしかしてずっとオルフォードさんのふりを？」

「いや、お主等がネルダールに初めて訪れた時、ハッチ族のハチミツが関わった時、後はお主等が魔法の修練を始めた時には、オルフォードの意識が表だった。基本的に若人を支援するのが趣味な男だから、お主のことも真剣に見守っておったぞ」

風の精霊は優しい笑顔でしみじみと語った。

それならばあの資料を作ってくれたのはオルフォードさんだったんだな。

最初はお茶目で掴みどころがなくて、信頼していいのか分からず、俺が壁を作ってしまったけど、それでもオルフォードさんは頑張ったら頑張った分だけ応えてくれるいい人だったから、徐々に信頼するようになっていた。警戒していたことに後悔はないけど、今後はもっと良好な関係を築きたいと思う。

ただ気になるのは、ナディアが魔法をうまく使えない本当の理由も、気がついていたのではないかということだった。

「若い者がひたむきに頑張っている姿――。特に魔法を探求する姿は、若いころの自分を見ているようだとも言っておった」

『このネルダールにやって来る者達はこぞって魔法の研究をしたがるが、もっと魔法の真髄を極めようとする者はおらんものか……』

魔法の修練をしている時にそう嘆いた後で、俺には魔法を探求するその姿勢のまま努力することを忘れないでほしいと言っていたのも、そういうことだったのかもな。

俺達に優しくしてくれていた理由も分かって、少しだけスッキリした。

「さて、ここで話していても仕方がないから、まずは中心地へ参るぞ。噴水の中へ入るのじゃ」

「この噴水がロックフォードと同じ現像だとは……」

「ロックフォードとは違い、これは魔道具で噴水に見せているだけじゃ。もちろん入っても濡れはせんよ」

その言葉を信じて噴水の中へ足を踏み入れると、本当に一切濡れていないことが分かる。

そして風の精霊がまた魔法を唱えると、噴水ごと地面の下へと潜っていく。

周囲は壁で、その向こう側を窺い知ることは出来ない。

「これは魔導エレベーターですか?」

「そうじゃ。但し、これにはある仕掛けがあっての。これを動かせるのは今や我とオルフォードだけじゃ。そうじゃ！　よかったら動かし方を教えようか?」

なんだか悪寒が走ったので、断ることにした。

「遠慮しておきます。ここへ滞在するのもあと数日だけになりそうですし……」

「……残念じゃ」

今のは風の精霊ではなく、オルフォードさんだった気がする。

それから間もなくして魔導エレベーターが停止した。目的の場所まで下りてきたようだ。

目の前には大きな空間が広がっており、ここが迷宮でいうところのボス部屋であることは明白だった。

その証拠に、俺の目の前には転生龍がいる場所へと繋がっている封印の門が存在していたからだ。

「俺達がネルダールに来た時に、この場所へ案内しなかったのは、何か理由でもあるんでしょうか？」

「さてな～？　たぶん教皇であるフルーナに昔振られたことを思いだしたか、お主がお気に入りになったことについて、嫉妬したんじゃろなぁ。もしくはお主がいるとフルーナから連絡がくるから黙っていたのかもしれんな。ふぉふぉふぉぉ」

なるほど。確かに教皇様は未だに二十歳前後の見た目をしているとはいえ、既に数百年は生きている長命な種族だしな。

それに、レインスター卿の息女だからなのか、ただのエルフにはない神秘さも感じるのだから分からなくはない。

人の気持ちは目に見えないため解決が難しいというが、風の精霊の話が本当だったのなら知らぬ間に解決していたようだ。

「そういうことなら仕方ありませんね」

俺は苦笑しながら封印の門に歩いていくと、既に封印の門は開いていた。

「……封印の門が開いている？　これは」

「このネルダールが出来て以来、ずっと開いているぞ。まぁ普通は、ここに来ることが出来たとしても、加護という最低限の資格がない者には門自体が見えないし入ることも出来ないから、問題はないだろう」

俺は何も感じなかったが、ナディアとリディアは大丈夫だろうか？

心配になって見てみると、ナディアは平気そうだが、リディアは気分が優れないのか顔が蒼くなっていた。

「オルフォードさんの身体は大丈夫なんですか？」

「いや、既に相当な負担を強いられておる。我がオルフォードの身体を保護しているから問題ないが、やつも人の域を出ているわけではないからな」

さらっと人外認定された気がする。

「それならリディアのことをお願いしてもいいですか？　中には俺とナディアで向かいます」

「……ルシエル様、私も行きます」

リディアもついてこようとするが、風の精霊が間に入って止める。

「お嬢ちゃんはこちらで我と風の精霊魔法のお勉強じゃな」

「でも……」

どうやら最初から、リディアと契約して精霊魔法を指導するつもりだったのだろう。

風の精霊と目が合うと微笑(ほほえ)んでいた。

リディアはそれでも縋るような目でこちらを見つめてくるが、それを姉であるナディアが諭し始めた。

「リディア、ルシエル様のことは私に任せるのです。私も龍神様の巫女としてやるべき事を果たすから、リディアも精霊王の巫女としての務めを果たしなさい」

「お姉様……分かりました。お二人ともお気をつけて」

直ぐに自分のするべきことに納得したのだろう。

そこには悲愴感はなかった。

「分かった。それでは風の精霊よ、リディアのことを頼みます。こちらはナディアと一緒に転生龍と会ってきます」

「うむ。任された」

こうして俺とナディアは転生龍に会うため封印の門を潜った。

「緊張します。圧迫感はないのですが、見られている気がします」

「まぁ、直ぐに転生龍も出てくるだろう」

門を潜ったところに階段があり、俺たちは下って進んでいく。

そして階段が終わろうという時、いつも通りに聖域円環を双龍に唱えようとしたのだが、実行することはかなわなかった。

《賢者よ　姿を見せよ》

《賢者よ　そして我等に己の可能性を示せ》

《《臆病者に加護はやらんぞ》》

そんな声が頭に響いたからだ。

別に加護はいらないけど、きっと解放することも拒む気がしたから仕方ない。

「いま転生龍から語りかけられたんだけど、ナディアにも聞こえた？」

「何のことですか？」

ナディアに声は聞こえていないらしく、困惑した表情を浮かべる。

どうやら龍神の巫女という称号があっても、龍と対話する能力はないみたいだ。

それとも精霊と同じように、契約していないと対話できないのだろうか。分からないことも多いな。

「いま転生龍から呼ばれたから、腕試しとしての戦闘になるかも知れない。気を引き締めていこう」

「はい」

俺達が階段を最後まで下りると、ネルダールに来た時に読んだ本に記載してあった通り、水龍と風龍がその姿を現した。

今までの転生龍達とは違い、意識もはっきりしているし、鱗なども瘴気(しょうき)に侵されておらず、邪神の呪いもかけられているようには見えない。

そんな元気の有り余っていそうな双龍が空中に浮かんだまま、俺達を見下ろしていた。

あれ？　邪神の呪いにかかっていないのであれば、この場から解き放たなくても済むのでは……俺がそう考えていると再び脳内に声が響く。

《まずは賢者、そして龍神の巫女よ、よくぞこの地を訪れてくれた》
《我が同胞を邪神の呪いから解き放ってくれたことも礼を言う》
「全て成り行きですが、お役に立てているのなら良かったです」
双龍からは圧し潰されるような圧力も感じず、和やかな雰囲気での会話だった。
《されど、我等は至上最強の種族》
《戦ってこそ、それが証明されるというもの也》
どうやら覇運先生は豪運先生よりも厳しいらしく、何故か展開がおかしな方向へと進んでいく。
「……龍族同士で戦われるんですか？」
《《がっはっは。今代の賢者は面白い》》
《我等を前にしてその余裕、誠に面白い。そして戦うのはお主よ》
《無論我らとて本気は出さないから安心するといい》
戦うことを前提に話が進むが、転生龍と戦う時点で安心できる要素は皆無だ。
《されど我等が同胞の力を放てるのだから、即死以外の攻撃はさせてもらうぞ》
《見事我等と戦えるようになれば、お主に加護をやろう》
《《我等を己の武で認めさせてみよ》》
この世にはきっと邪神と死神しかいないと心の中で叫ぶが、目の前の双龍は眼を輝かせながら笑う。
それが何故か師匠やライオネルと模擬戦をしていた時のことを思い出させた。
そして思う。詰まるところ、この双龍は戦闘を好むのだろうと……。

きっと師匠やライオネルがこの場にいたら喜ぶだろうし、意気投合するんだろうな……。

まぁ、龍種自体が戦うことが好きなのは分かった。

他の転生龍達は邪神の呪いを負ったまま戦い、俺を殺すことがないように力を抑えてくれていたのだろう。

豪運先生があまりにも幸運を届けてくれるから、きっと覇運先生も幸運を届けてくれると思ったんだけど、戦うための力を呼び寄せるものだったとは……。

きっと、双龍と戦ってみれば成長出来るということで与えてくれた試練なのだろう。

そんなことを考えながら、それでも俺は必死に逃げ道を探す。

双龍の言っていることは理解出来るけど、戦うことを前提にしたくない。

ただ、双龍が逃げる機会をくれるとも思えないし……と、ここでナディアの様子がおかしいことに気がついた。

ナディアを見ると額に玉の汗が浮かんでいて、目の光が消えていたのだ。

「戦うのは待ってくれ、ナディアの様子がおかしい」

しかし動じたのは俺だけで、双龍は心配する素振りも見せなかった。

《案ずるな。我等が巫女に手出しすることはない》

《今は我等を通して、龍神様と話しているに違いない》

《巫女を階段まで連れていくといい。まずは我から相手をしよう》

そう言ったのは水龍だった。

《我が巫女を見ているので、安心して全力を揮うがよい》

そう言った風龍が風を操ると、ナディアの身体が宙に浮いて、先程下ってきた階段まで運ばれて行く。

そして視認することが出来る程の緑の膜に覆われ、水龍の声が頭に響く。

《何度でも挑戦はさせてやる》

《だが、諦めたらお主が賢者だろうと、我等は認めないし、力も貸さぬ》

《平穏を望むなら、武と知と和を求めよ》

《さすれば、お主の夢も叶うであろう》

《《老衰……がっはっはっは》》

俺の夢を何故知っているかはさておき、どうでもいいから加護をくれ、そしてさっさと転生してくれと、心の中で切に願うのだった。

13　遊び心と可能性

今回は、これまでの封印の門よりも二倍ぐらいの広さがあった。

それでも狭く感じるのは、目の前の水龍と後ろに控える風龍が浮いているせいだろう。

まさに、前門の虎後門の狼のような状態だ。

戦闘は俺のタイミングで仕掛けることが許されたのだが、きっと小細工は通じない。

しかし、いきなり大技を狙っても結果は見えている。

ここはやはり小技を駆使して……いや、俺はいったんネガティブになった思考を止め、少しでも有利な状況にしようと提案することにした。

「水龍よ、俺は賢者になったことで龍の力を秘めた奥の手が使えるようになった。でもこれを五発放った時点で魔力が枯渇してしまうだろう。だから悪いが回復するまで待ってくれないか?」

《良いぞ、良いぞ。何も戦いとは武だけでない。だからその知恵を使って、我を追い詰めてみせるのだ》

思いっきり提案という交渉をしていることがバレたけど、融通が利いて助かる。

自分に都合のよい縛りを願い出ても許可されれば優位に戦えるということだ。

もっとも、戦う前にこれ以上の譲歩を求めるのは逆鱗に触れそうなので、止めておくことにした。

「戦っても相手にならないだろうから、水龍が戦いながら手加減を決めてくれ」

《ぬううう》

少し困ったように唸（うな）りを上げた水龍を見て、俺は瞬時に魔力を身体に巡らし身体強化を発動させ、物理攻撃と魔法攻撃によるダメージ対策として素早くエリアバリアを発動し、戦闘態勢に入った。

「今回は四属龍騎士ルシエルとして、水龍へ挑む。いざ参る」

そうして名乗りを上げながら一気に地面を蹴った。

これだけ図体がデカイのだから、そこまで動きは速くないと判断したのだ。

今までの転生龍達の攻撃で怖かったのは、避（よ）けることが出来ないブレスだ。それを喰らうよりは、まだ物理攻撃の方が耐えられる。

そう考えて、ブレスが吐けないぐらいの接近戦を仕掛けることにしたのだった。

俺と水龍との距離が十メートル前後になったその位置から、幻想剣に魔力を込め、新たに得た力をいきなり試す。

「炎龍剣、雷龍剣、土龍剣」

下手な小技も大技も中途半端になるぐらいなら、大技三連発で正面突破を図るぐらいが龍相手には正解な気がしたのだ。

しかし、その技の特性を掴んでもいないのに、ぶっつけ本番で試した弊害が出てしまった。

炎龍と雷龍は水龍に向かって飛んでいったのだが、土龍は発動しなかったのだ。

それでも瞬きする間もなく、炎龍剣と雷龍剣が水龍へと喰らいついた。

その瞬間に凄まじい蒸気が立ち上る。

ごっそりと半分以上の魔力を消費した俺は立ち眩みがしたが直ぐに、身体強化を解くことなく追撃を試みようとした。

しかし――。

「なっ？　凍っている？」

いつの間にか足下が凍り、動けなくなっていたのだ。

これは相打ちになってしまったと思った直後、炎龍剣の影響で水龍のまわりにあった蒸気が消えると、そこには身体を氷で覆った水龍が何事もなかったように存在していた。

「まさかノーダメージ……だと」

《中々思い切りは良かった。しかしもっと相手の属性を考えるのだな》

「氷まで操るなんて、水龍から氷龍に改名しておいてよ」

《たわけ、水を司る我が氷を精製出来ないと何故決めるのだ。出直してまい……ぐぉ？》

水龍からの攻撃に身構えた時だった。水龍にまさかの一撃が入ったのだ。水龍の後ろから土で出来た龍……の迫力はまだないので便宜上土蛇としよう。その土龍剣から放たれたと思われる土蛇が水龍の背中へ噛み付いていたのだ。

しかもこれは水龍も予想していなかったようで、ダメージを与えることに成功してしまった。

まぁ、そのことに一番驚いたのは他ならぬ俺だったのだが……。

これを機に、凍った足下の氷を何とか砕こうとするも全く壊せない。しかも時間が経つにつれて足の感覚がなくなっていく。ここは素直に聖属性魔法で回復した方がいいかもしれないと悩み始めた。
《まさか一人時間差攻撃を仕掛けておいて、我を油断させるために会話を誘導するとは何たる策略よ。これならば退屈しなくて済みそうだ》
次の瞬間、何もないところから水が出現すると、どんどん膨れ上がり、水龍よりも大きくなったところで止まった。
《水は視認することが出来ないだけで、この空気中にも数多、存在する。我はそれを攻撃にも防御にも使うことが出来る》
巨大な水球から野球ボール程の固まりが、回避不可能な数、飛んできた。
「中々の威力だけど、これなら」
まずは足下の氷を砕きたかったが、水龍の攻撃が激しさを増していく状況では大盾で何とか防御するしかなかった。
《ぬぅうう、つまらん》
しばらく耐えていると、不服そうな水龍の声が聞こえ、なぜか足下の氷が幻だったかのように消えていく。いきなり凍らせるだけじゃなく、その逆のことも出来るらしい。本当に規格外だ。そして今度は水龍の周りに水の結界が張られた。
《賢者よ、お主は属性魔法が使えないのか？》
「使えません。まともに発動することが出来るのは、聖属性魔法だけです。そもそも賢者になったのがさっきなので、まだ分からないことばかりなのです」

《ならば、火の魔力を練り上げて足に集中させてみよ》

俺は言われた通りに、火属性を意識して魔力を練り上げていく。

すると先程まで足下を凍らされていた影響で、固まっていた足の感覚が蘇ってきた。

「冷たっ⁉」

しかし次の瞬間、またいきなり出現した氷によって凍ってしまった。

《火属性が纏えるなら、今度はしっかりと利用してその氷を溶かしてみせよ。動けるようになるまではそこで凍っておれ》

「……分かりました」

ここで反論しても、戦闘で手も足も出なかった俺は、水龍の指示に従うしかなかった。

目を瞑り、体内の魔力、それも火属性のみを抽出するイメージで、火属性の魔力を練り上げて纏っていく。

水龍と風龍の視線を感じるが、二人で会話をしているのだろう。

これで双龍から期待外れだと思われても別に構わないのだが、そうなれば下手をしたらここから出ることが生涯許されなくなりそうなので、これも修行の一環だと全力で取り組むことにした。

どれぐらいの時間が経ったかは分からないが、足は冷たいから痛いに変わり、そして何も感じなくなってしまった。

途中でディスペルを発動すれば氷から抜け出すことが出来ることには気がついたが、それが正解ではないことだけは分かった。

同じ理由でエクストラヒールを発動して回復するのは許されないだろうと、発動することは控えている。

しかし魔力を纏っているだけでは、氷を溶かすことが出来ずにいた。打開策を探っていると、脳内に声が響く。

《賢者よ。我等の同胞の力や精霊の力もそうだが、お主は常識に縛られ過ぎているぞ。もう少し遊び心というものを持たなければ、生涯を氷の棺で過ごすことになるぞ？》

何故こんなときだけ予想が当たるのか、豪運先生と覇運先生に三者面談を申し込みたい気分だ。

「それは勘弁してください。永久凍土に封印される趣味は、さすがに持ち合わせていませんので！それよりも、遊び心ですか？」

《そうだ。ヒントを一つだけくれてやろう。我は先程攻撃と防御で水を用いたが、全ての水は攻撃にも防御にもなるのだ》

「攻撃に防御……でも、さすがにそれは……」

《出来るか、出来ないか、それをやってもみないうちに想像だけで判断し、新たな可能性を確かめもせずその芽を摘んでしまうとは、何と愚かな。小さなことでウジウジと悩むのなら、やはり氷漬けとなるがよい》

「なっ？　ちょっと待って」

俺の身体が瞬く間に氷漬けにされていき、顔以外が完全に氷に捕らえられてしまった。

《本当に追い込まれなければ、余計なことしか考えないのが人よ。あとは己の力でそれを打破してみ

せよ》

水龍はそう告げると後方に降り立ち、とぐろを巻いて寝入ってしまった。

ちなみに風龍の方は既に水龍と同じく、とぐろを巻いて寝入っていた。

どうやら完全に期待外れの烙印を押されてしまったようで、興味を失われてしまったらしい。

まぁ、いまは双龍の評価については別にいい。

しかし、足下を凍らせるならまだしも、全身を氷漬けにするのはさすがに反則だろう。

逃げることはもちろん、動くことすらできない。

まさにリアルボスとの戦闘なんて望んではいなかったんだけどな……。

何とか思考が停止してしまう前に、水龍が語ったヒントを参考にして、解決への道を模索していく。

俺が持っている固定観念が邪魔をしていると水龍は言っているのだろう。

それに遊び心が足りないとも……俺の手には幻想剣が握られているが、氷漬けとなっているので、動かすことも出来ない。

氷漬けのために体温も急激に下がっていき、そのせいか意識も少しずつだが、朦朧としてきている。

炎龍を纏って鎧にするなども考えたが、これも現実的ではない。

それをしてしまった時点で、俺の身体は炎に焼かれてしまうだろう。

どうする？　その言葉が脳内を駆け巡る。

駄目もとでも、やはり炎龍を纏うか？　それよりも纏えるのか？　そんなことをしたら、本当にヤケドではすまなくなる……普通ならば。

俺には戻った力があるし、炎龍を纏うくらいのことが出来なくて、再び邪神と相対した時に今度は実力で退けることなんて出来るのか？　いや、無理だろう。

それならばやるしかないだろう。どうせなら水龍の助言通り精一杯遊び心を出していけばいい。

いざとなったらエクストラヒールで延命することが俺には出来るのだから。

意識を何とか繋ぎ止めるように気力を振り絞り、魔力を一気に幻想剣に流し込み、俺は大声で叫んだ。

「守れ、聖龍、焼き尽くせ炎龍、俺をこの忌まわしき氷から解き放て」

その瞬間、青白い龍が鎧に纏わりつくと、緋色(ひいろ)の龍が青白い光の外で回り始めた。

すると瞬く間に氷が溶けていった。

そして俺を守りきった聖龍と全てを溶かし切った炎龍は、役目を終えたと言わんばかりに消えていくのであった。

「どうだ?」

俺は気がつけば叫んでいたが、一気に魔力枯渇に陥(おちい)ることになり、直ぐに魔力ポーションを飲まないと立っていられないような無様な姿を晒(さら)してしまう。

だが、魔力枯渇の気持ち悪さには勝てなかった。

《うむ。発想はいいが、力業(ちからわざ)過ぎるな。それでは実戦では使えぬぞ。どれ、魔力が回復するまで休憩がてらに、我と魔法談議でもしようか》

《それならば我も話に加わろう。ずっと見守っているだけではつまらぬ》

水龍と風龍がこのネルダールに住んだ理由って、ここが魔法の総本山である魔術ギルドだからではないだろうか？

14 ロマン？

水龍との戦いにより魔力が枯渇する事態に陥ったのだが、何故かそこから魔法ではなく魔力の仕組みについて、水龍と風龍の講義を受けることになった。

《賢者よ、ちと頭が固いぞ。もう少し頭を柔らかくせねば、努力して手に入れたその力を十全に発揮することが出来んぞ？》

《我等の力を己の魔力だけで補おうとするから、魔力枯渇などを引き起こすのだ。何のために精霊と龍の加護を持っているのかをよく考えろ》

「そんなことを言われても、聖属性魔法が久しぶりに戻ったこともありますが、龍の魔力を使い始めたのは今日からなのです。全てを把握するのには時間が足りません」

《賢者よ、我等の龍の加護と、精霊の加護をどのように認識しておるのだ？》

加護の認識？　そんなことは分かっている。

「龍の加護は身体強化と対龍種の威圧の抵抗、その眷属である竜や蛇の魔物に対しての攻防能力の上昇。精霊の加護は属性がついて魔法抵抗が強くなるとかですよね」

《……間違ってはいない。されどその程度の認識しかしていないとは……同胞についてもそうだが、賢者よ、お主も自分のことについて把握するための努力が足りんぞ》

《何となく理解したものはそれ以下でしか認識しないものだ。情報は知っておいて損をするということはないのだぞ》

双龍の話す内容は何故か、昔のビジネス雑誌に載っていた記事と被る内容だった。

そしてその言葉を聞いた俺は頷くことしか出来なかった。

《賢者よ、お主が考えている以上に我等や同胞の力は強大なのだ。だから本来であれば、いくら加護があろうと人が放つことなど出来ぬのだ》

《賢者が我等の力を使えるのは、精霊が加護の力で具現化してくれているに過ぎんのだ》

龍と反する精霊の力が具現化してくれている？　それは両方の力が使えているということなのか？

「……龍の力と精霊の力は反発するのでは？」

《何か勘違いしておるようだな。確かに通常の魔法が発現し難くなったのは、両方の加護を受けたからに他ならない》

《左様。確かに今から賢者がどれだけ努力しようと、人族が一般的に使う魔法を発現させるのは難しいであろう。さらに言ってしまえば、生まれた時から精霊の加護を持っていないのだから、精霊魔法も十全には扱えぬだろう》

やはり相反する力なのは間違いないらしい。それにしても……。

「もう少し分かりやすく簡潔に説明していただけると助かります。私は基本知識が欠けているので、頭の中が少しごちゃごちゃしてきました」

《ぬっ……普通の人族には、精霊の姿は見えないのはもちろん声も聞こえないから、扱うことなど元

から出来ないのだ》
「今、さらっと重大なことを言いませんでしたか？」
しかし俺の言葉は無視されて会話が進んでいく。
《されど、龍の力を具現化することをお主は覚えた》
《されど、今のままでは困難を打破する力とは到底言えん》
対話するよりも全てを聞いてから質問しろと、そんな空気感さえ漂っている気がした。
《同胞の力を具現化して纏うぐらいのことであれば、起こしたい事象を明確にイメージして精霊に魔力を与えることで、そこまで魔力を消費しなくても十分に可能なはずだ》
《ただ、剣に乗せて発動する場合は、今までと変わらない膨大な魔力を消費してしまうだろう》
双龍の言葉を自分なりに解釈すると、飛ぶ斬撃をイメージして龍の魔力を剣に流して放つ龍剣だと今まで同様に膨大な魔力を消費するけど、龍の魔力を纏ったうえで精霊魔法で剣から放てば、魔力消費を抑えられるということなのだろうか？　要は龍の魔力そのものを放たなければいいってことか？
《疑問がありそうな顔だが、その前に加護の説明をしてやろう。まず精霊の加護だが、加護を与えた属性の魔力を操りやすくし、自分の好みの魔力へと変換していく》
《精霊は自然界に数多存在しているが、普段は魔力を与えたとしても働かない。しかし精霊にも序列があり、加護を与えられる程に力を持った大精霊が加護を与えている場合は精霊達も率先して働く》
《賢者となったお主なら、精霊は与えられた魔力が少なくても明確にイメージさえすれば、自然界に存在する魔力をかき集めてくることが出来るはずだ》

それって明確なイメージがあるなら、少ない魔力でも龍の力を身に纏うことは出来るってことなのか？　それならば龍剣の魔力消費量だけが変わらないのは、何故だろうか？

《お主が使用した我が同胞の力は、放った時点で自然界の魔力とは異なるのだ。そのため身に纏っている状態であれば、精霊達が足りない部分を補填することは出来る》

《されど、お主の身体から切り離された魔力については、自然界の魔力を補填することはできないのだ》

《賢者よ、ここまで言えばお主に足りないものが分かるであろう？》

「体内の魔力を循環させるように体外にある魔力をも身に纏い、それを制御してみせろ、そういうことですか？」

《うむ、それでよい。先程のままでは、ただの弱いものいじめになってしまうからな》

《早速だが、次は我が相手をしよう》

「……その前に龍の加護の説明を聞いていないのですが」

やる気満々の風龍だが、助言を貰ったところで、直ぐにそれが結果に繋がるとは思えない。

それならば、魔力が回復するまで時間を引き延ばすことにした。

《そうであったな。我等の加護は身体強化と属性強化になる》

どうやら加護として有用なのは、精霊の加護らしく、龍の加護ではなさそうだ。

「……なるほど」

《我等と精霊の加護、それと自分に宿った力が分かったな？》

「まだぼんやりしているけど、大体は把握しました」
《うむ、それでは戦うか……と、言いたいところだが、魔力枯渇を起こしかけていたお主を弄る趣味はない》
風龍はどうやら話が分かるようだ。
「それでは何を？」
《今のうちに空中に飛ばして振り回すから、空を飛ぶイメージを固めて空中制御を自分のものとするのだ》
「えっ？　何をぉおおおっと？　浮いている？」
風龍の言葉に反応したら、身体がいきなり宙に浮かび上がっていった。
徐々に地面が遠くなっていくと、瞬く間に双龍の目線まで浮き上がっていた。
地面が離れているだけなのに何故か落ち着かないし、大事なところがスゥーってなる。
《風の魔法があれば、人は空を自由に飛べる。さぁ、空中で加速しながら、その感覚を自分のものとするのだ》
何故こんなことになるのだろうか？　これでは完全におもちゃではないか。
何とか喰らいつき体勢をキープしていくが、どうやらそれが風龍の何かを刺激して面白くなかったのか、一気に難易度が増していく。
《賢者よ、体幹制御が得意みたいだな。それでは空気の壁を置くから衝撃に備えよ》
その言葉に直ぐにエリアバリアを発動したが、発動した瞬間に不可視の固まりに上半身の左側が当たり、バランスを崩した結果、吹き飛ばされてしまう。

一度バランスを失ったが最後、身体が回転して、自分の中心軸までもが分からなくなってしまう。

結局空中で何回転もする破目になって、三半規管がおかしくなったのか焦点が揺らぐ。

《魔力を纏え、そして精霊に語りかけよ。今のお主ならこの程度の風を乗り越える術など考えられる筈じゃ》

いや、この風を止めてくれよ？　そう叫びたかったが、嘆いてもきっと止める気など初めからないのだろう。

直ぐに切り替えて、この現状を打破するためのものを連想して叫ぶ。

「土龍よ、そして精霊よ、風の荒波を駆ける足場を創り上げろ」

《ぬぅ？》

俺が叫んだ後に足元が光ると、サーフボードよりも小さい、ウェイクボードの板……のような石膏ボードが現れた。

「足場があれば、何とでもなあああああああ？」

俺は余計に風の煽りを受け、真っ逆さまに地面へと叩きつけられる……。

そう思った瞬間、地面から三十センチのところで、止まっていた。

「……助かったのか？」

急造した魔法ボードは先の方で粉々になっていた。

空中の何もないところでも物質を創り出せるものなんだなぁ。そんなことを、地面に激突しなかったので暢気に考えてしまった。

しかしそんな俺を待っていたものがある。

《馬鹿者が！　風の抵抗をさらに受けるような真似をして、お主はどうするつもりだったのだ》

地上には下ろしてもらえず、再び風龍の目線と同じ高さまで浮かび上がらせられてからの説教だった。

考えなしでボードを生み出したことについて、それはもう滅茶苦茶怒っていた。

さすがに、ボードで空を飛ぶアニメをふと思い出したなんて言える訳もなく、ただ純粋に思ったことを口にした。

「……風の波に乗ろうと考えたんですよ。それに足場を創ることで、体勢を整えることが出来ると考えたんです」

「……風を操っている我を攻撃するとか、雷龍の力で風の道を切り裂くとか、色々あったであろうに……。空を飛ぶことがトラウマになったら我は悲しいのだぞ」

「ん？　これって何の訓練だったんですか？」

「空を飛ぶ訓練に決まっているであろう？　人が空を飛ぶことはロマンが溢れているのであろう？」

それって絶対にレインスター卿の受け売りだろ！

「……それでは何のために不可視の壁を置いたんですか？」

「知能が低い翼竜ですら、魔力であの程度の壁を作ったりするからな、魔力障壁や魔力の揺らぎを見て避ける特訓だ」

何だろう……風龍との会話はもの凄く疲れる。何となく、子供が好きそうなことをやらせてみようとして張り切るが失敗してしまうお父さんみたいな……。

きっとこれも空を飛ぶことを楽しんでもらおうと企画してくれたのだろう……。

それは感じることが出来たが、正直ありえないぐらいの不親切設定だし、いきなり空中に浮かせてやるべき内容ではなかっただけだ。

龍や精霊に人の常識を当てはめて考えてはいけない。今回はそれを怠ってしまったのだから、念を入れなかった俺がいけない。

まぁ、死なないことは分かったし、アトラクションと考えれば、面白いのかも知れない。

「そう言えば、ナディアがいつ頃目を覚ますのか分かりますか？」

《龍神様次第だが、数日中には目覚めるであろう》

「ちょっと待って、それじゃあ下手をしたら数日間はあのままなのですか？」

《龍神様次第だ》

うん。俺達の一日が長命種には一時間程度の感覚なのだろうな。

「あのままにしている訳にはいかない。安全なところへ移動させてください」

《この空間からは出られぬが、それでもいいのなら構わぬぞ》

《何か手立てがあるなら任せよう》

こうして隠者の鍵シリーズの隠者の棺(ひつぎ)を開き、ナディアを収容した。

それにしても、人の常識とかけはなれているのであれば敬語も不要なのだろうか……。

「さて水龍に風龍、待たせて悪かったよ。一つ聞いておきたい、俺は何処までやれば認めてもらえるのだろうか？　その指標が欲しいのだが……」
《賢者よ、そう長い時ではない。されど、それはお主次第とも言っておく》
《賢者よ、まずは我等が同胞の力を十全に扱えるようになってみろ》
《そしてその力をどう扱うのかを我等に見せてみよ》
《我等が望むのは、お主の覚悟だ》
何だか懐かしいけど、それじゃあ昔みたいにやられるだけになってしまう。
俺は自分に活を入れて、戦闘に一番大事な死なないことを頭に叩き込み、本格的に双龍の課題へと取り組んでいくことになるのだった。

15　双龍の残すもの

全身を凍らされたり、物理的に地面に足をつけることが出来ない状況に置かれたりといった双龍の扱(しご)きに耐え、食事と睡眠の時間以外はずっと修行をしていたら、あっという間に一週間が経過しようとしていた。

その間に自身が成長することが出来たと実感することは一切なく、ずっと双龍に遊ばれているイメージだった。

でもそれは扱きの難易度が着実に上がっていったからだと思いたい。

それでも、邪神と対峙(たいじ)した時や賢者になろうと努力していた時のことを思えば、諦めるという言葉が頭に浮かぶこともなく、ただ目の前のことに努力するだけでいいので気持ち的に楽だった。

それに、氷漬けにされるまで防御し続けるということはなくなり、空中に飛ばされても空気の壁と衝突することも少なくなった。

ちなみに、エリアバリアを発動させないでハイヒールとエクストラヒールを多用するようになったことが、唯一の変化した点だと思う。

ハイヒールで回復すると、失われてしまった細胞までが復活していくイメージなのだ。

そんな聖属性魔法に改めて感謝しながら、双龍の試練という扱きに耐えていたのだが……。

《賢者よ、何とか人並みの加護持ちぐらいには動けるようになったな》
《ここに来た時とは別人のように成長しているぞ》
「毎回氷漬けになったり空中で弾かれたりしているから、成長しているか分からないのが問題だけど……」
俺はジト目で見つめるが、実は双龍に褒められることが今までなかったので、普通に嬉しい。まぁ、回復魔法が使えない状態でネルダールに来たから、魔法の修練のおまけ程度しか戦闘訓練はしていなかったし、賢者になってから修行することもないまま双龍に会いにきたから、伸びていて当然なのかもしれないけど……。
《ルシエル、水は氷にも水蒸気にもなる。その可能性もまた無限なり》
《ルシエルよ、風は無形ではあるが、無ではない。翼にもなれば、障壁としても使用できる》
「……急にどうしたんだ？」
急に名前を呼ばれて驚き、警戒を強めたところで、予期せぬ音が頭の中で響く。
ピロン【称号　水龍の加護を獲得しました】
ピロン【称号　風龍の加護を獲得しました】
「……どういうことだ？」
まだ何も成し得ていないのにもかかわらず、加護が与えられたことに困惑する。
遊ばれるだけでなく、ちゃんと一撃を加えたら加護がもらえると思っていたので、拍子抜けしてしまう。

《ルシエルよ、お主の諦めない気持ちと退かない勇気は見せてもらった》
《ルシエルよ、お主だったらいつの日か、我等の力も十全に扱える日が来るであろう》
双龍は宙に浮くのを止めて、地へ降り立った。
そして困惑している俺を見つめて、加護を何故くれたのかを説明し始めた。
《我等に残された時間はあまりにも短い》
《ならば本物の龍である我等の力を見てもらうのが早かろう？》
「何を言っているのか、分からないんだが……」
双龍は今にも消えていくような話をするが、それについて理解が出来る筈もなく、続く言葉を促がす。
双龍は互いの顔を見てから、淡々と語りだす。
《我等も邪神の呪いをこの身に受けているのだ》
《この強固な結界で守られているネルダールに、どうやって侵入してきたのかは未だに分からないままだが……》
《幸いと言うべきか、我等が共にいた時に邪神が現れたので返り討ちにしてやったのだが、その際にネルダールを空中で制御する魔法陣が壊されてしまったのだ》
《我等がずっと修復を試みていたのだ》
風の精霊は一体どうしたんだ？　いつの間にか侵入されているなんて……本当に何しているんだよ。
「……人為的なことは考えられないのか？」

《あれは邪気を放ってはいるが、それでも神なのだ。人為的であろうとなかろうと、操られてしまったのなら仕方あるまい》

《幸いにして魔法陣は修復することが出来たから、ネルダールも落ちずに済んだが》

「それなら、呪いをいつ受けたんだ？」

《魔法陣を修復すると、呪いが発動するようになっていたのだ》

《我等も気がつくことが出来ない程の巧妙な仕掛けだった》

双龍のテンションが少し下がった気がしたが、俺はこの世界に邪神だけが干渉することに腹を立てていた。

しかも世界の根幹にかかわる転生龍を封印されるなど、主神であるクライヤに管理者としての失態をどう考えているのか訊きたいとさえ思った。

しかし目の前にいる双龍が呪いを受けていたなんて、本当に考えられない。

意識はしっかりしているし、よく動いているし、会話も、意思の疎通がうまくいかないのは人の常識面だけだったし、何より苦しがる素振りも一切見せていなかったからだ。

もしかして邪神の呪いの症状が軽いのなら治せるのでは？　そう感じた俺は二人に解呪の提案をすることにした。

「水龍に風龍よ、今の俺なら消滅させることなく邪神の呪いぐらいきっと解呪できるはず。だから試させてもらえないか」

《我等は既に呪いに縛られておる。そのため解呪は解放となるのだ》

《我等が互いに呪いの痛みを消す方法を使用しているから正気なだけなのだ。正直なところ既に身体がうまく動かせないのだ》

「なっ？　だから最初の戦闘以外は龍の力をどう扱うか教えることにしたのか」

しかし双龍はそれについて語ることはなく、再び宙へと浮かんだ。

《巫女もそろそろ戻る頃合だ》

《よって最後の試練を与える》

《《我等を浄化せよ》》

双龍はここで試練として、浄化することを求めてきた。

《ここで学んだ全てのことを活かし、我等を屈服させてみよ》

《我等双龍を邪神の呪いから解き放ち、我等の力を引き継ぐのだ》

最後までその身を挺して試練を与えてくれるらしい。

感動したいところだが、試練として戦闘を要求されるのは本当に辛い。

しかし、レインスター卿が言っていたように、基本四属性の転生龍を解放すれば勇者が魔王に負けることがないのなら、未来の世界を守れるはずだ。

これが隠居する前の大一番だと考えれば、今後、魔族や魔王、邪神と戦わなくてもいいってことになるだろう。

俺は葛藤の末に答えを出した。

「……分かった。だが賢者になって魔法の威力もかなり上がっているから、浄化したら骨の一本も残せないかもしれないぞ？」
《《がっはっは》》
《我等との戦闘の前に何という豪気なことよ》
《残すものなら、きちんとお主に託してあるではないか》
《足りないというのであれば、我等の力の全てをその身に刻め》
《そしてこの最後の試練を乗り越えてみせよ》
《《いくぞ》》
双龍の試練が双龍を救うことだったら良かったのに……。
しかし、それ以上考える暇を双龍は与えてはくれなかった。
言うが早いか、いきなりのブレス。俺の死角である後方や上空から、魔力の揺らぎを感じる。
「聖龍よ、この身を守れ。雷龍よ、全てを置き去りにせよ。そして精霊達は力を具現化してくれ」
俺は頭で考えるよりも早く、反射的に聖龍と雷龍を呼び出していた。
聖龍が身体に宿り、雷龍が足に巻きつくと、次の瞬間視界がぶれ、景色が高速で流れる。
攻撃を回避したことを確信した俺は、聖域円環(サンクチュアリサークル)を無詠唱で発動した。
詠唱すると、流石に魔法陣を構築する時間を稼ぐことは出来ないと思ったのだ。
無詠唱で生じた聖域円環が、双龍の身体の周りをグルグルと回り出す。一瞬そこに聖龍の姿が見えた気がした。
勝負は一瞬だった。

最初に立っていた場所を見れば、地面は何かに抉り取られたような穴を空けていて、更にそこには数多の氷の槍が降り注いでいたと思われる残骸があった。

一瞬でも回避が遅れていれば、普通に死んでいてもおかしくない攻撃の雨に晒されていたことだろう。

周囲の魔力を気にしていなかったらどうなっていたのか分からないと思うと、ゾッとする。

《死角からの我らの攻撃を雷龍の力を使って避けるとは見事だ》

《これはまさしく聖龍の慈愛の光だ》

聖域円環の青白い光を浴び、双龍は満足そうに笑っているように見えた。

「水龍、風龍……貴方がたが本気なら、俺は一瞬でこの命を散らしていただろう」

《だが、それでもお主は見事に我等の最終試練を乗り越えたのだ》

《それはそうだ》

《誇るがいい》

双龍の言葉はいつになく温かく感じた。

《《またいつか会う日がくるだろう》》

《その時までに、我等の力を十全に使えるようになっていることを願う》

《我等の力を正しく使ってくれることを祈っている》

すると水色の光と緑色の光が幻想剣と首飾りに吸い込まれていった。

《賢者ルシエルよ、魔族の侵攻を止め、勇者が現れるまでこの世界を頼んだぞ》

《賢者ルシエルよ、世界を瘴気(しょうき)が支配する前に守ってくれ》

話が大きくなり過ぎているので、承諾しかねるが、きっと双龍も全てを守れるとは思っていないだろう。

「……出来る範囲でしか動かないけどね」

だから俺はいつも通り、自分の守れる範囲を強調して答えた。

《賢者ルシエルよ、世界に本当の危機が訪れたらラフィルーナの封印を解け》

《きっと賢者となったお主になら、応えてくれる筈だ》

「ラフィルーナ？　それは一体なんだ？」

《《老衰目指して頑張るのだぞ。がっはっは》》

双龍は俺の問いかけには答えずに、その姿は薄くなり消えていった。

「何で龍族は言いたいことだけ言って、こちらが確認したい大事なことを話さないで消えていくんだよ？」

もう叫ばずにはいられなかった。

こうして水龍と風龍を邪神の呪いから解き放った俺は、ナディアの帰還を待たずにこの場を後にした。

16　一方通行

水龍と風龍を無事に解放した後、双龍が消えた先に貨幣が落ちており、それと一緒に弓と壺が残っていた。もしかするとこれも大事な物なのかもしれないと回収してから封印の門へと歩き出した。

双龍が消える直前に告げてきた『ラフィルーナ』と呼ばれたものの正体。それが何なのか、心の中にモヤッとしたものが残ってしまい、双龍を解放した喜びを半減させていた。

そしてそのモヤッとした気持ちは、風の精霊にぶつけることでスッキリさせることにした。

そう自分の中で区切りを付けたら、少しだけ足が軽くなった気がする。

しかし階段を上り封印の門を出たところで、俺は思ってもいない事態に見舞われることになった。

「何で魔導エレベーターがないんだ？」

落ち着いて考えてみれば双龍との修行で一週間近く経っているので、食料も持っていない二人がここに留まれる訳がなかったのだ。

俺は帰還するにあたり、魔導エレベーターがあった場所を入念に調べてみるが、魔導エレベーターが下りてくるような仕掛けはなく、どうやら下から上に行くようには出来ていないようだった。

「……なんて欠陥品なんだ」

ここに誰かが侵入した時に外へ逃がさないためのシステムのつもりなのだろうか？　俺は上を見つ

めながら、普通の人間では辿り着くことが出来ない高さの魔導エレベーターに、早速風龍の力を使うか迷っていた。

「あそこに辿り着く前に落ちたら、下手すれば即死もありえる。たとえ行けたとしても、魔導エレベーターの下に張りつくだけで、操作出来る訳じゃないし……」

こんなことならリディアに魔通玉を持たせるなり、オルフォードさんと魔通玉の魔力交換をしておくなりしておくべきだったと後悔した。

さらに念話のスキルの取得まで考えたけど、これについてはスキルレベルが低いと十数メートルの範囲でしか使用することが出来ないという制限があった。

だから仮に今回ＳＰでスキルを取得したとしても意味がない。

どうする？　頭の中を一度リセットして、一から情報を整理していく。

今までの迷宮であれば、土龍のいた洞窟も含めて、帰還の魔法陣が現れていた。

しかし今回は迷宮になっていなかったからなのか、魔法陣が現れることはなかった。

仮に帰還の魔法陣をわざと消したのなら、この場所が外部に漏れる可能性を……。「あっ！」

そういえば今までは必ず出現していた巨大な魔石に似た核が、今回は出てこなかった。

双龍があの場所にいる時に邪神と戦っていたのなら、秘匿（ひとく）したかった技術は浮遊する魔石や魔法陣なのだろう。

そう考えると、脱出するイメージがどんどん膨らんでいく。

レインスター卿（きょう）ならばこういう場合まで想定しているはずだから、必ず緊急の脱出口はあるはずだ。

そろそろナディアが隠者の棺から戻ってきてくれれば、二人で脱出口を探せるんだけどな……。

リディアと風の精霊も、戻らない俺達を心配して一日に何度かは様子を窺いにきているだろうし、二人だったら一人は脱出口を探して、一人はここで待機することも出来るんだけど……。

いつまでもないものねだりをしていても、状況は変わらないか。

仕方ないので再び封印の門を潜ろうとした時だった。

封印の門の扉の裏側から微かに光が漏れていることに気がつき、まずはそちらへ行ってみることにした。

すると巨大な封印の門とは違って、高さ一メートル程の小さな扉が少し開いていて、どうやらそこから光が漏れているのが分かった。

俺がその扉に近づいていくと、人の声らしきものが聞こえてきたのだが、その声があまりに小さくか細い声だったので、聞き取ることが出来なかった。

「誰かいるのか？　開けるぞ？　うぉ？」

念のため声をかけてから小さな扉を手前に引いて開けると、大量の金貨が小さな扉から雪崩落ちてきた。

しかも落ちてきたのは金貨だけではなかった。

武具に魔道具、家具などが扉の向こうから押し出されてきたのだった。

……何故こんなにも大量に物が出るのかは双龍が集めていたとして、先程まで聞こえていた声が本当に人だった場合、人命に関わる可能性があるので、俺は全ての物を魔法袋に片っ端から収納していった。

するとと段々と中の様子が分かるようになってきたのだが、そこで発見したのはリディアとオルフォードさんだった。

「大丈夫か？」

しかし反応は乏しく、長い時間こうして圧迫されていた可能性があった。

俺は直ぐにエクストラヒールを発動すると、二人の身体が光りだし、呼吸もしているようだったので、そこでようやく安心することが出来た。

「気絶してしまったのかな。意識は戻らない、か。それにしてもここは一体どこだ？」

部屋の中を見回すと本棚がいくつも浮遊しており、まるでお伽噺に出てきそうな魔導書庫がそこにはあった。

「って、此処が本当の魔導書庫なんじゃないだろうな？」

「そうじゃ」

二人の意識が回復するまで見て回ろうかと思った時、何故か俺の呟きに反応する声があった。

振り返れば、オルフォードさんが起き上がっていた。

「無事だったんですね」

「オルフォードの肉体は死にかけておったが、何とかお主の魔法で一命どころか、患っていた腹の病まで治ったようだぞ」

どうやらオルフォードさんではなく、風の精霊のようだ。

「回復魔法で病までは治せませんよ。それよりもここが本当の魔導書庫なんですか？」

「本当に治ったんだが……。うむ、ここに入れるのは精霊の加護を持つ者だけなのだ。本来は我に認められた、心に歪みがない者だけしか入れないのだが、よもや風龍が保持していた財宝がいきなり出現して降ってくるなど、思いもしなかったぞ。おかげで魔導書庫が財宝で埋め尽くされて圧死するところじゃった」

「それはタイミングが悪かったとしか言いようがないけど、二人が起きたら謝ることにするよ。それとその財宝が降ってきたのは風龍と水龍を邪神の呪いから解き放ったからなんだけど……ね」

「なっ？　邪神の呪いだと……信じられん」

風の精霊が本気で驚いているのが分かる。

レインスター卿がいなくてもこのネルダールが未だに浮いているのは風の精霊と双龍が維持してきたからだということは話を聞いていてなんとなく分かった。ここからは俺の推測だけど、魔術士ギルドの長と風の精霊が契約していること、封印の門が少し開いていて双龍が外部の魔力に干渉することが出来ることから、何か特殊なことをしていたんだろう。ただ、それなのに何故双龍の異変に気がつかなかったのか、本当に残念でならない。

長い年月会っていなかったのが本当なら、何故彼等の間に溝が出来てしまったのか、一つだけ思い当たることがあるとすれば、聖シュルール教会本部に迷宮が出来てしまったことだろう。そのせいで教皇様がネルダールに来られなくなったからだと考えるのが自然だ。まぁこれは俺の妄想で、ただ精霊と双龍の性格が合わなかっただけかもしれないけど……。

「このネルダールに邪神が入り込んでいたことを、風の精霊の貴方が気づかないことなんてあるんですか？　双龍は操られた者がいた可能性も示唆していたんですよ」

聞いたとしても時は戻せないけど、どうしてもこれだけはちゃんと訊いておきたかった。

「風龍も水龍も龍の癖に優し過ぎる奴等だったんじゃ。このネルダールが出来てからもレインを含めた四人でよく酒を飲んだものじゃ」

「四……人？　しかも酒を飲んだ？」

「左様。龍も精霊も魔力を用いて人化することが出来るのじゃ。まぁ、莫大な魔力が必要だから普通、することはないが、当時はレインが魔力を負担してくれたおかげで、時間制限はあったが人になっていた時期もあるのだ」

……精霊の場合は顕現させるようなものだから出来るかもしれないが、あの転生龍を人化させるというのは、人の身で出来ることなのか？　それにその話が本当なら、一精霊と二龍を同時に実体化させていたことになるぞ。

知らないうちに魔王を倒していたレインスター卿のことだから、ありえない話ではない……。

それならばレインスター卿を英霊召喚することは出来ないのだろうか？　そうすれば邪神も倒せて俺はのんびりと暮らせる気がするんだけどなぁ。

まぁ、英霊召喚なんてしようにも、レインスター卿を召喚するには魔力が足りないか。

数年後にまたロックフォードでレインスター卿と邂逅する機会があれば、そのことについて訊いてみることにしようかな。

それよりも話を本題に戻すか。

「そんなに仲が良かったのなら、もっと会いに来てあげれば良かったのに……」

「一度、風龍と水龍がケンカをしてこのネルダールが落ちそうになった時に、色々とやり合ったのじゃ。それからは我が顔を見せようとしても会ってくれなかったのだ」

今にも泣きそうになる老人の姿をした風の精霊を、これ以上責めることはさすがに出来なかった。

風の精霊と双龍を取りなすべき存在がいなくて拗れたのは、理解することが出来る。

いつも通りの雰囲気にならないので、困りながら目を逸らすと、入ってきた筈の小さな扉が跡形もなく消えていた。

「……小さな扉がなくなっている?」

「あちらからこちらへ来ることしか出来ない一方通行になっておるが、我の許可がない者には見えなくなっている」

凄い仕掛けだな。ただ少し自慢げに語ってきたので、さらにここで話題を変えることにした。

「風龍と水龍が消えていく前に、世界に本当の危機が訪れたらラフィルーナの封印を解けって言葉を残したのだけれど、ラフィルーナとは何なのか心当たりはありますか? 人なのか、龍なのか、精霊なのか、それとも聖剣みたいなものなのか、知っているのなら教えて欲しいです」

「ふむ、それは教皇をしているフルーナに訊くが良い。我も……ラフィルーナ様の真意が分からない以上、軽々しくは語れない。それにしても彼奴らが……」

風の精霊は完全に感傷モードに入ってしまった。

それにしてもラフィルーナ様か……。教皇様に訊いてみるしかないようだ。

これ以上は訊いても無駄そうなので、中々起きないリディアを隠者の棺に収容して、俺は一度部屋へと戻ることにした。

17 噂

風の精霊と双龍の話をしてから本当の魔導書庫を出ると、そこは普段、魔導書庫と呼ばれていた書庫だった。

禁書室が実は本当の魔導書庫だったことに驚きながらも、自室へ戻ることにしたのだが、風の精霊から声がかかる。

「ルシエルよ、今のお主ならこちらへの入室も許可するが？」

「今は必要ありません。力を求めたくて、このネルダールを訪れたのではありませんから」

「そうか。それでは地上へと帰るのかな？」

「ネルダールの町を見たかったのですが、そうなりそうです。ただ、少し気になることがあるので、それを解決したら戻ろうと思います」

「協力が必要なら言ってほしい。いつでも手を貸そう」

「では一つだけ。このネルダールを迷宮に似た何かだと仮定してお話しします。そして今までの迷宮には転生龍が封印されていて、邪神の呪いから解き放つと、必ず巨大な魔石に似た核と帰還の魔法陣が現れていたんです。今回はそれがありませんでした」

「ふむ、それの何が気になるのだ？」

「帰還の魔法陣は問題ないですが、巨大な魔石に似た核に触れた者はアンデッドとなり、その場に邪神が出現する仕掛けがありました。もしそれがありそうな場所へ行く時は、見つけても決して触れることがないようにして欲しいのです」

「仮に見つけても、誰も近づけないように細工をしておこう」

「お願いします」

風の精霊が何やら考え込み始めたので、俺は自室へと向かった。

魔導書庫を出ると廊下がオレンジ色に染まっていた。

「夕方か……。そう言えば今日は何も食べてないからお腹が空いたなぁ」

俺は自室ではなく、食堂へと足を向ける。

「何か簡単なものでも作るか……。それとも、浄化が出来る様になったから解体して多少汚しても大丈夫になったんだし、何か別の……」

聖属性魔法が復活してからは初めての料理になるので、何を作ろうか悩みながら食堂に到着すると、そこには思わぬ人物達が待っていた。

最近まで俺にお金を借りていたブランジュ公国のエリナス・メインリッヒ伯爵令嬢とそのお側付き達だった。

「ルシエル様、ここ数日何処(どこ)にいらしたのですか？　緊急事態がありましたので、ずっと捜しておりましたのよ」

どこか慌てているような感じがするが、彼女はいつもこんな感じなので、まずは用件を聞くことにした。

「申し訳ありません。ここ数日は研鑽を積まなければならず、ようやくそれが終わったので戻ってきたのです。それで緊急事態とは何でしょう？」

すると三人はとても言い辛そうにしていたので、またお金を借りに来たのかと思ったが、だとしたら、つい先日、資金融資によって再開した研究がうまくいったと喜んでいたのは糠喜びだったのだろうか？　などと考えていると、エリナスさんから出てきた言葉に一瞬思考が停止することになる。

「それは……その、ルシエル様に神罰が下り、治癒士のジョブが喪失して、聖属性魔法が使えなくなってしまわれたと……。そんな噂が本国で流れているようで、正確な情報を探るように言われましたの」

S級治癒士に神罰が下るとか取って付けたようなことはともかく、ジョブの喪失や聖属性魔法が使えなくなったことなど、ピンポイントの情報が普通広まるだろうか？　いや、たとえ噂であろうと他国に知れ渡っていることの方が問題だろう。

しかし、ネルダールへとやって来てまだ四ヶ月も経っていない。

この世界には魔通玉があるから遠距離の連絡を取ることは出来るだろうが、信憑性のない情報を流したことが分かれば聖シュルール共和国に喧嘩を売ることになるのだから、そうそう噂になることはないはずだ。

それなのに知れ渡っているということは、その噂が事実だと知っている者が流したか、俺が姿を見せなくなったことと、直ぐには戻れないことを知っていて、何らかの策略のために噂をまいたとしか思えない。

もしこれがただの噂で終わっても、このことを知っている人間が限られているのだから、誰が漏らしたのかとか俺が疑心暗鬼に陥ることまで考えてのことかもしれない。

でも正直なところ、S級治癒士という肩書がなくなり、聖属性魔法は発動することが出来なくなったという噂をそのままにしておいて、俺は師匠達冒険者ギルドの皆やイエニスの皆と穏やかに暮らすのも楽しそうでいいんだけど、まぁ、そういう訳にはいかないんだろうな。

あ、エリナスさん達が目の前にいるのに思考の渦に囚われていた。

「あの本国から探ってくるように言われたんですよね？　本国からの命令なのに、それを何故私に直接教えたのですか？」

すると、エリナスさんはニッコリと笑って、革袋をこちらに渡しながら口を開いた。

「私は恩を仇で返すことはしたくありませんの。ルシエル様のおかげで研究結果が実証され、晴れて政略結婚の道具を卒業することが出来ましたの。だからこれからもネルダールに留まれるのです。あ、これは借りていたお金です。誠にありがとうございました」

返ってこない可能性も考えていたので、少し驚いた。

なるほど。やはりブランジュ公国の貴族令嬢は皆、気骨のある方ばかりのようだ。

どうやらあの時は政略結婚の道具になるか、それとも自由を手に入れるかの瀬戸際で、相当切羽詰まっていたのだろう。

エリナスさんが高潔な人で良かったと本当に思う。

あの出会い方だったから義を重んじる人には見えなかったが、そこは見た目と最初の態度だけで判断したことを、しっかりと反省した。

「融資についてはナディアとリディアから頼まれてのことですから、もし感謝するなら二人に会った時にでも直接伝えてあげてください。それよりその噂が何処から出たのか分かりますか？」

「その前に……その、本当に治癒士でなくなり、聖属性魔法が使用できなくなってしまわれたのですか？」

情報源を語ることなく、治癒士のジョブを喪失したかどうかや聖属性魔法が使用できるのかできないのかを、とても不安げな眼差しで訊いてきた。

そこにはただ純粋な心配があるように思えた。

「私が治癒士でなくなった……それは事実です」

「そんな……。それではあの奇跡のような回復魔法はもう……」

俺の言葉で、絶望したような顔をするエリナスさん。もしかすると回復魔法が必要な患者がいるんだろうか？　俺はこのまま勘違いさせるのが申し訳なくて、誤解を解くことにした。

「あ、いえ、使えますよ。ミドルヒール」

俺は微笑（ほほえ）みながら、伯爵令嬢にミドルヒールを発動した。

研究続きで手荒れと肌荒れが少し気になったので、聖属性魔法が使えるアピールとして治してあげた。

「ああ、何と心地よい……。やはりルシエル様のような高潔な方が、神罰で聖属性魔法を失ったというのはただの噂だったのですね」

先程とは違い、エリナスさんもお側付き達も、何処か安堵(あんど)しているように見える。

何だか俺って神聖視されていないだろうか？　少し怖いのだが……。

俺は気を取り直して他にも情報があればと尋ねることにした。

「もし噂の出所が分からないのであれば、他に何か気になる情報はありませんか？」

するとエリナスさんは少し考える素振りをみせてから、俺が知りたそうな情報を教えてくれる。

「イルマシア帝国で魔族が出没したとの情報があり、イルマシア帝国とルーブルク王国が一時的に停戦したとか。それと、イルマシア帝国がその魔族を討伐するために聖シュルール共和国に聖騎士隊の派遣を要請したと聞いております」

遠征する聖騎士隊……最近では戦乙女聖騎士隊だけではなく、他の隊も遠征していることは聞いている。しかし魔族との戦闘を考えた場合は、戦乙女聖騎士隊が派遣される可能性が高い。

問題はルミナさん達が魔族と戦って勝てるのかどうかだな。

「その情報も最近のものですか？」

「ええ。このお話も三日程前のことです。我が国でも魔族が出現するのではないかと噂になっていましたわ。それとなく他国の研究者の皆さんにもお話を聞いてみたのですが、実は各国でも魔族が出現したとの情報があるみたいですの」

それだとイルマシア帝国だけが聖騎士隊の派遣を要請したことにも、違和感を覚える。

他の国のことはよく分からないから何とも言えないが、権力者は死にたくないだろうから傭兵や私兵を既に雇っているだろうし、イルマシア帝国はそもそも戦争中だったなら軍人も大勢いるだろうに……。

もしイルマシア帝国の陰謀だと仮定した場合は、聖騎士隊と魔族を戦わせて聖シュルール教会の戦力がどれほどのものか測る目的だろう。

そしてそこで聖騎士を少しでも減らそうとする作戦なら、本当の狙いは聖シュルール共和国になるが、それはどうも腑に落ちない……。

そもそもイルマシア帝国が聖シュルール共和国に手を出すのは、ルーブルク王国との戦争でさえ勝てていないままなのに自殺行為だ。

俺としてはイルマシア帝国とはいい思い出が一つもないけど、そこまで無謀ではないだろう。

それにしても魔通玉で連絡をとっていない間に、色々と情勢が動きすぎだろう……。

「各国で魔族による被害は聞かれていますか？」

「いえ、目撃情報だけらしいですわ。ただ、何処も彼処もその情報が広まっているらしく、地上はとてもきな臭くなっているようですね」

「なるほど……」

一度深呼吸をして、頭を冷静にしてから情報を整理していく。

こういう時は優先順位をつけて動かなければ、全てが後手に回ってしまう。

まず俺のことだ。

ジョブを失い聖属性魔法が使えなくなっていることを知っているのは俺と一緒だった師匠達、教皇様とカトリーヌさん、ルミナさんだけだ。

ただ、噂になるまでに数ヶ月も経っているから、俺が姿を見せないことをいいことに噂をばら撒いた者がいた可能性の方が高い。

既に聖属性魔法は使えるし、地上に戻れば直ぐに疑念は払拭できる。

師匠やライオネル達が暴走しそうだ。というか既にしていそうで怖い……。

さらにこれで俺に対するネガティブキャンペーンなんてされていたら、また教会本部や治癒士ギルドが揺れそうだし、荒れることになりそうだ。

この一連の件の黒幕が誰であれ、きっと何か狙いがあるはずだ。

仮に俺が魔族、もしくは魔族を指揮する立場の者であれば、魔族が成果を挙げられていない付近の情報を集めるだろう。

そうなった場合、自ずと天敵になりえる俺の情報を得て探ることになるだろう。

仮に、情報の中に聖属性魔法を使えない可能性があるとの情報があれば、それを確かめるために聖シュルール教会本部へ間者を送り込んでもいそうだな。

それと、狙いが俺ではなく、教皇様だった場合も考えておかないとな。

きっと任命責任などとのこじつけがあるだろう。まぁ、レインスター卿の息女だし、本気になれば蹴散らすだろうが、性格的にそんなことも出来ないかもしれない。

その場合はカトリーヌさんが守るんだろうけど、聖シュルール教会本部は割れてしまう。やはり俺が聖属性魔法を使えることを証明するのが、一番丸く収まるのだろう。

今はこれぐらいしか思いつかない。こんなことなら情報戦が得意なガルバさんにその辺の訓練を受けておくべきだったな。

オルフォードさん並みの変身能力があれば何でも出来てしまいそうだし、変身魔法も覚えたかったな……。

それにしてもこの何かが引っかかるような感じ……それが何なのかが分からない。

敵の実体が把握できない以上、やはり地上からの情報が必要だよな。

もし本物の魔族が襲ってきたとしたら、当然俺にも連絡が……あ、治癒士から賢者になって聖属性魔法を再び使えるようになったことを、教皇様もまだ知らないんだった。

「あの？」

おっと、またエリナスさんのことを放っておいてしまっていた。

「あの、ルシエル様は地上に戻られるのですか？」

「そうなるでしょう。噂をこのまま放置は出来ませんし……。それにしても知らないところで陰謀に巻き込まれるとか、命を狙われるとか、逆恨みされるとか、もの凄く嫌です……。それでも私を心配してくれる守りたい人達がいて、そうできる力がある以上は全力を尽くさないと胸を張れませんから」

ノブレス・オブリージュなどと社会的な模範となるつもりはない、それでも俺を助けてくれた人達のような存在でいたいし、なりたいと思ってしまったのだから仕方がない。

「それならば、こちらをお持ちください」

エリナスさんが差し出したのは装飾の施された一本の短剣だった。

「これは?」

「公国では何よりも血が優先されます。これは伯爵令嬢である私の護り刀になり、これを持っている者に対して伯爵家以下の家柄は命令する資格を持ちません」

これって普通に貰ったら不味い気がする。

護り刀とかを婚約者に贈る風習がどこかであったような気がするし……。

「あの、さすがにこれは……」

「ええ。婚約者から渡された物ですから、いずれ返しに来てくださいませ。これを持っていれば、ナディアとリディアが公国で嫌な思いをすることも少ないでしょう」

そんなものを借りるのは遠慮したいんだけど、これは受け取らないと終わらない気がする。

それにしても俺はブランジュ公国へ行く予定はないんだけど、何故かエリナスさんは行くと確信しているのが気になるな。

「ブランジュ公国へ行く予定はまだありませんが、有難くお借り致します」

「またお会いできることを楽しみにしております」

「はい」

用件が済んだとばかりに三人は食堂から退出していった。

「あの時に助けておいて良かった。さて、今後どう動くかはとりあえず食事を作りながら考えるか」

地上に戻ってもできれば戦闘だけは避けたいと思いつつ、まずは腹を満たすことにしたのだった。

18　聖属性魔法は心を救う

考え事をする時は煮込み料理を作るといい。

そんなことを昔、誰かから聞いたことがあった。

丁寧に下処理をした魔物の肉を寸胴鍋に入れて、野菜と一緒に煮込むことにした。

所謂ブイヨンを作っている。

目を離さなければ失敗することもないので、考え事をするには丁度よかったのだ。

まぁそれだけだと流石に空腹が満たされないので、出来合いのものを魔法袋から取り出して食べたが……。

寸胴鍋に入ったブイヨンが完成するまで、ひたすらグツグツと煮込み、沸騰しないよう丁寧に灰汁を取りながら、旨みが凝縮されていくのを待つ。

最初にこれを聖都の冒険者ギルドのギルドマスターであるグランツさんから教わった時、灰汁と旨味成分の違いがよく分からずに、怒られた記憶が甦る。

「素人に灰汁と旨み成分の違いを見極めさせるとか、いま思えば結構スパルタだった気がする」

俺は一人でクスッと笑いながら、これからのことを考える。

エリナスさんが教えてくれた情報は、さすがに無視できるレベルのものではなかった。

噂が他国に広まっているってことは、きっと聖シュルール共和国では国中に知れ渡っていることだろう。

そうなると、下手をしたら異端審問に掛けられる恐れがあるのではないだろうか。

仮にそうなれば、俺が潰した悪徳治癒士達が報復としてあちらこちらから現れるだろうな。

もしかすると俺が携わったガイドラインも廃止になりかねない。

そもそも聖属性魔法を失った原因を追及されたら、せっかく救った師匠とライオネルを命の危機に晒(さら)すことにもなるかもしれない。

このことをもっと時間が経ってから知ったとしたら、詰んでいた可能性が高いな。

待てよ、教皇様は盗聴があるから連絡はするなって言っていたよな？　だったらそれを逆手に取ればいいんじゃないか？　直(す)ぐに魔法袋から魔通玉を取り出して、教皇様へ念じる。

すると直ぐに教皇様から返答があった。

《ルシエル、どうしたのじゃ？　ネルダールにいる時は傍受(ぼうじゅ)される危険があると教えていたじゃろ》

少し怒ったような口調だったので、教皇様にしては珍しいと感じたが、会話を誘導するつもりで話していく。

「教皇様、それどころではありません。私のことで真実と変な噂がごちゃ混ぜになって広まっているようです。それも他国でもです」

《……どういうことじゃ？》

「こちらの研究者達が話しているのをたまたま聞いて驚いたのですが、私に神罰が下って、治癒士のジョブが喪失したと噂されていました。それどころか聖属性魔法が使えなくなったとの噂もあり、もしかしてそれが聖都でも蔓延(まんえん)しているのではないかと思い、急いでご連絡させていただいたのです」
《……他国でもじゃと……》
　教皇様の呟くような声で、既に聖都ではこの噂が流れていることに気がついた。
「教皇様、私のジョブのことですが、やはり治癒士から賢者へ昇華されたことを開示してから、ネルダールで魔法の勉強をするべきだったようです。目立つのを避けたことが裏目に出るとは……」
《……ルシエルは目立つことが得意ではないからのぅ……》
「教皇様にはご迷惑をお掛けして申し訳ありませんでした。まさか、聖属性魔法以外の魔法を勉強しにネルダールへ来たタイミングでそのような噂を立てられる程、恨まれているとは考えもしませんでした」
《妾(わらわ)もじゃ……。それで成果はあったのじゃな?》
「ええ。まだ完全ではありませんが、噂を流した者達に赤っ恥を掻かせることは出来ます。まだ中途半端ではありますが、噂を一蹴してしまわないと不穏分子が生まれて動きかねませんからね」
《それでは帰還してもらいたいのじゃが、よいのか?》
「勿論です。そもそも魔族が出現して騒ぎになっていることを知らなかったので、その噂を聞いて我が耳を疑いましたよ。いくら教皇様が優しくても、聖シュルール共和国と教会本部が危機に晒される可能性がある時は連絡してください」
　俺は出来るだけ明るい声が届くように念話する。

《長期休暇中で、魔法の訓練をするためにネルダールへ行ったのに、呼び戻すのは悪いと思ったのじゃ》

その声は先程と違って、教皇様の喜色が溢れていることが感じられた。

「まぁ仕方ありませんよ。俺は魔術士ギルドの長であるオルフォードさんにこの件を報告してから帰還させていただきます」

《よろしく頼むのじゃ》

「はっ」

そこで俺は通信を切った。

通信が終わったそのタイミングで、ナディアとリディアが隠者の棺から出てきた。

どうやら同時に目覚めたらしい。

仲が良いのか、それとも龍神と精霊がタイミングを図っていたのかまでは分からないけど、本当にタイミングがいい……。

「無事に目が覚めたようで良かった」

「ルシエル様、ご無事でしたか」

「いい匂いがします」

ナディアは双龍と会った時に精神を引っ張られ、リディアは俺が双龍を倒した時に色々なもので圧死しかけていたが、どうやら二人とも問題なさそうだ。

「二人の話を聞きたいが、その前に決定事項を伝えておこうと思う」

二人が頷(うなず)くのを待って、先程のやり取りなどを話していった。

「まぁそういう訳だから、楽しみにしていたネルダールの町を散策するのは次の機会ということになるが、必ずもう一度連れてくる機会を作ると約束するから我慢してほしい」

「そういう事情なら仕方ありません」

「また連れて来ていただけるのであれば、今回は我慢します。それよりもルシエル様……お腹が空いたのですが」

そう顔を赤くして照れながら言ったリディアの言葉に、自然と笑顔になっていく自分を感じながら、食事にすることにした。

調理中の鍋を魔法袋にしまい、それと代わるように出来合いの料理を取り出して並べていく。

そして今度は二人の話を聞いていく。

ナディアは龍神と会って龍神の巫女の称号通り竜を眷属(けんぞく)化できるようになったらしく、ジョブが竜魔士に変更されたらしい。

そしてリディアは、精霊王の加護に恥じないように、大精霊召喚を覚えたみたいだ。

「ただ、眷属として竜を従える場合、戦いで屈服させなければいけないらしいです」

ゲームでよくあるテイマーみたいなものだろう。

「大精霊召喚を使うには、魔力もスキルレベルも足りていないので、私はレベルを上げないといけません」

二人ともそこそこはレベルも上がっているが、それでも足りないということは、召喚した時の強さも半端ないのだろうな。

「新しい力をそんな簡単に使えたら、誰も苦労はしないよな。まぁ、それぞれに新しい力が宿ったってことで、努力してそれを自分のものにしていこう」

「「はい」」

食事を終え、片付けを浄化魔法で済ませた俺達は、急ぎオルフォードさんがいる部屋へと向かった。

精霊の加護を貰っている俺とリディアは、魔術士ギルドのフリーパスでも所持しているかのように、何にも阻まれることなく進むことが出来た。

ナディアは一度、受付の横にある階段を上ろうとした時、見えない壁に阻まれてしまった。しかし、リディアと手を繋ぐことで階段を上がることが可能となった。

オルフォードさんの部屋の前までやって来たところでノックをすると、中から声が聞こえてきた。

「どなたかな?」

「ルシエルですが。少々お時間をいただきたいのですが、よろしいでしょうか?」

「……どうぞ」

「失礼します」

少し間が空いて入室の許可が下りたので、ドアを開けてみたのだが、どうやら先客がいたようだった。

「どうしたのじゃ?」

風の精霊なのかオルフォードさんなのかの判断も迷うところだが、それよりもこの先客の人物が誰なのかが分からないのに、本題を話すのはためらわれた。

「先客がいらっしゃったのですね。出直すことにします」

「うむ。しかしここへ来たとなれば、急を要す何かがあったのじゃろ？」

どちらにしても人がいないところで話がしたいので、また出直そうとすると、オルフォードさんと対面していた男がイスから立ち上がり、こちらを振り返りながら口を開く。

「私がいるからですよね。S級治癒士のルシエル様……いや、治癒士ではなくなられたのでしたか？それならば今はただのルシエル殿ですか」

その声の持ち主は男であるだろうが、顔は仮面で隠されており、見ることが出来なかった。

気になったのは男の口ぶりから俺のことを知っているだけでなく、面識がありそうだったことだ。

そしてそれ以上に言葉から憎悪が漏れている気がした。

もしかしてこの男も治癒士なのだろうか、それとも、あまり恨まれることはしてこなかったが、イルマシア帝国なら……俺は直ぐに姿勢を正して、この相手が何処の誰なのかを見極めることにした。

「ジョブが治癒士でなくなったことは認めますが、そもそもS級治癒士とは治癒士ギルドが選定しているもので、称号みたいなものですよ。それより、仮面を被って素顔を見せない者に私の知り合いはいないはずですが、貴方はどちら様ですか？」

「こちらはルーブルク王国から来た新しい研究者で、名をなんといったかな？」

少し喧嘩腰に見えたのか、オルフォードさんがクッションの役割を果たしてくれた。

どうやら風の精霊ではないようだ。

「……巡り合わせとはつくづく残酷なものですね。貴方に何かされた訳ではないのに、それでも憎いと思ってしまうのですから……。私はイエニスで貴方に買い損なわれた哀れな奴隷ですよ」

仮面の男は自分の非を認めて、そう告げてきた。仮面の男にはやはり見覚えはない。しかし、イエニスの奴隷で一人だけ俺が話しかけて断られた時のことを思い出した。

「イエニスで奴隷……？　もしかしてあの時の……」

「一度しか会わなかったのに思い出されましたか……。それでは改めて、私はルーブルク王国で新たに男爵を授爵したマキシム・フォン・ウィズダムです」

ルーブルク王国の貴族になったのか……。いや、あの時も確か奴隷の前は貴族の子息だった気がする。復讐することを諦めれば購入すると伝えたが、断られたんだったよな。でもそれなら俺が恨まれる理由が分からない。

「……それで、私を恨む理由は？」

「この世で一番の治癒士であった貴方なら、この姿をも治せるかも知れないと勝手に思っていたのですよ」

男……マキシムが仮面を取ると、そこには鋭利な何かで火傷したように爛れた顔が出てきた。

しかしマキシムの怪我はそれだけではなく、纏っていたローブを取ると、そこから瘴気が漏れ出したのだった。

「……それは？」

「呪いの魔術刻印らしいです。あの後イルマシア帝国により人体実験で身体を弄られ、体内に魔石まで埋め込まれました。激痛により気絶したみたいですが死んだと判断されて、気がつけば死体の山の中にいました」

「それを治療することが出来る者がルーブルク王国にはいなかったと？」

「ええ。それどころかこの世にはいないらしいのです。何とか魔石を穿り返したまでは良かったのですが、身体から瘴気が出ているので、魔族に近い存在になってしまったのでしょう。そこで人類最高の聖属性魔法の使い手である貴方ならと、そう思って聖シュルール教会へと縋りたかったのですが……」

俺はいなかったと……。

完全に逆恨みと理解しているのを承知の上で、それでも自分を治せる可能性がある唯一の人物であった俺に当たらずにはいられないのだろうな。

きっとイルマシア帝国を恨む気持ちが強過ぎて、負の感情が限界突破したことで、世界を恨むようになったのかも知れない。

そしてやり場のない怒りが、先程の態度になったのだろう。

そう思えば、これでもよく感情を抑えている方だと思う。

その気持ちが少し分かってしまうだけに、今回だけ彼を救うことにした。

あのとき救ってやれなかったことが、俺の中でも何となくモヤモヤしていたのだ。

きっとここで彼と再会したのも、豪運先生が導いた縁だと信じよう……。

「ふむ。ウィズダム卿は勘違いしていらっしゃるようですが、私は聖属性魔法を使えるのですが

「……」

「はっ？」

先程まで悲愴感と怨嗟が入り混じった顔をしていたが、その一言で彼の時が止まった。

「いや、ですから、ここだけの話、治癒士から賢者にジョブチェンジしました。そのため聖属性魔法は問題なく……。厳密に言えばさらにパワーアップしていますよ」

「そ、それならこの身体が治る可能性が？」

哀愁が漂い、黒いオーラを纏っていた彼とは思えない慌てようだった。

「まぁ、治せるかどうかはさておき、貴方がアンデッドなら即死させてしまいますが、生きているなら必ず救ってみせましょう」

俺はそう言って力強く頷いてみせた。

「対価なら、対価なら何でもお支払いする。イルマシア帝国に対する恨みは一生消えないだろうが、復讐も我慢しろと言われればそのようにします。どうか、どうか治療してください」

あれだけ固執していた復讐を止めるなんて、何かあったのだろうか？　ただ、誓約はしたいと思っていたので丁度良かった。

それにしても態度がいきなりこれだけ軟化するとは、どれだけ治療して欲しいと願っていたんだろう……。

「それでは誓約してください。この治療をする対価は、貴方の知っている全ての情報開示と、私と生涯敵対しないことです」

「……それは国の機密も、でしょうか？」

「聖シュルール共和国及び、私に関係していなければ構いませんが、イルマシア帝国の闇については知っていることは全て聞かせてもらいます」

「それならば誓います。私マキシム・フォン・ウィズダムは治療をしていただく対価として、情報の開示とルシエル様へ生涯敵対しないことを誓います」

すると光がマキシムに降り注いだ。

「それでは少し痛いかも知れませんが、気をしっかりと持ってくださいね」

俺はディスペル、リカバー、ピュリフィケイション、聖域円環（サンクチュアリサークル）、エクストラヒールの順で魔法を発動していき、最後にもう一度浄化魔法のピュリフィケイションを発動することにした。

マキシムは最初こそ痛みを堪えるような顔をしていたが、聖域円環を発動した時には既に痛みを感じてはいないようだった。

しかし、問題はここで起こった。

俺が念のためエクストラヒールを発動した瞬間、彼がバランスを崩して倒れたのだ。

そして両腕と左足、そして眼球が次々と床に転がった。

どうやら義手に義足、義眼だったらしい。

彼の顔が驚愕に染まり、震え出していたが、それが怒りではないことは明白だった。

彼は何度も新しい自分の手と足を確かめながら、再び戻ったその目から涙を流していた。

そして浄化魔法で綺麗にして治療は完遂した。

「治療は終わりました。よく頑張りましたね」

彼は言葉にならない言葉を紡ごうとして、片膝を突いて祈りを捧げるポーズを取った。

その瞬間、イエニスでライオネル達が同じことをしたなぁ、と、当時の記憶が甦った。

「オルフォードさん、実は一度地上へ帰還しようと思い、そのことをお伝えしようと思って伺ったのです。ですが、その前に彼も聴取してもよろしいでしょうか？」

「ほえ？　おおぉ勿論じゃ。この部屋を使うといいじゃろ」

こうして帰還の前にイルマシア帝国の研究についての情報収集を開始した。

19　不穏な噂と聖シュルール共和国への帰還

イエニスで出会った時から二年以上か……。

たったそれだけの時間しか経っていないのに、マキシム卿の纏っている雰囲気はまるで別人となっていた。

当時の彼は貴族としての矜持を持っていて、何処か青臭さはあるものの、正義感に溢れている印象の青年だった。

戦争に敗れて奴隷となり、イルマシア帝国への復讐に囚われているようではあったが、それでも考え方は粗くて甘くも感じたのを覚えている。

それが今は何処か張り詰めた雰囲気を纏い、研ぎ澄まされたようになっているため、攻撃的な印象を受けた。

一度地獄を経験して甘さが払拭されたのか、それとも……。

まぁいずれにせよ、いつまでも男の顔を眺めている趣味はないので、彼の持っている情報を精査して、今後の動きを考えることにした。

「まず、私に神罰が下って治癒士ではなくなったという噂は何処で聞いたんですか？」

「ルーブルク王国でこの情報が流れだしたのは半月程前のことです。私が初めて聞いたのは貴族の集まりの時でした。この時に大半の貴族達は既に知っているようでした。情報源は特定されていませんでした。」

半月……でも皆が知っていたとなるともっと前だな。

だが、この情報は単なる噂だったはず。

誰かが肯定しない限り、噂に過ぎないはずだし、広まっても信憑性に欠けるため直ぐに消えるはずだ。

「噂を信じるなとは言いませんが、ウィズダム卿もそれを信じたのですよね？」

「ええ。実は噂が流れた直後に、我がルーブルク王国はその情報が真実なのかどうか、聖シュルール共和国や治癒士ギルドに対して書状を送ったのですが、全く返答がなかったのです」

「……それでおかしいと？」

ウィズダム卿は頷くと、噂を信じてしまった理由を順に説明してくれた。

「ご存知のとおり、我がルーブルク王国と帝国の戦争は長期化していることもあり、何度かルシエル様の派遣を要請していたのです」

初耳なのでそれにも驚いた。でも戦争へ介入する気もないから、どのみち断っていただろうけど。

「……初めて知りました」

「まぁ、数十年ぶりに認定されたS級治癒士を、戦地には送りたくないでしょうからね。そんな訳で、諸々の事情で断られ続けていたのです。そこに今回の噂が重なり、本当はS級治癒士など存在しないのでは？　そんなことが囁かれ始めました」

「なるほど。確かに火のないところに煙は立ちませんからね。ですが、それでも……」

「ええ。私は貴方(あなた)のことを知っていたので、信じることはありませんでした。しかし、治癒士ギルドがこの噂を消そうと躍起になり始めたのです」

何てことをするのだろうか。

そんなことをすれば……って、もしかして陰謀か？　誰かが誘導……もしくは扇動(せんどう)したのかも知れないな。

「そのもみ消しで、噂が本当だと？」

「ええ。信憑性が高いと判断しました」

ここまでの彼の話には矛盾がない。

だとすれば、やはり師匠とライオネルが危ないな……暴走する方で。

俺は一度深呼吸してから、気持ちを切り替えて、話題も変えることにした。

「それなら早く地上に戻らなければいけないが……。その前に次はイルマシア帝国の人体実験について聞かせていただきたい。何のために体内に魔石を埋め込まれたのか分かりますか？」

「私の場合は、体内に魔石を埋め込むことで魔力量を引き上げる実験でした。浄化された魔石が使用されたはずでしたが、魔石と適合しなかったからなのか、瘴気(しょうき)が身体から出てきたところで、失敗だと誰かに言われた気がします」

それって魔族を作り出す実験をしているようにしか思えない。それとも強化人間でも造ろうとしていたんだろうか……。

「帝国で囚われている時に、魔族の力を取り込もうとする実験や、人を魔族に変えてしまう魔道具などの開発について聞いたことは？」

「ありません。確かに魔族の話は出ていましたが、魔族を殲滅させることを目的としている、そんな話だったと思います。もちろん魔族を見たこともありませんでした」

「殲滅？　魔族と結託していることは？」

「それはなかったかと。仮に魔族が出てきていたなら、我が国が太刀打ちするのは難しく、既に滅んでいたとしてもおかしくはありませんから」

彼は笑いながら、自虐的にそう告げたのだが、その言葉は俺を混乱させるには十分なものだった。

どういうことだ？　誓約をしたばかりだから嘘ではないのは分かるが、彼の持っている情報は本当に正しいものなのだろうか？

確かにイルマシア帝国に良いイメージはない。

ライオネル達のこともあるが、秘密裏にイエニスを潰そうとしたり、戦争を仕掛けたり、弱みを握って奴隷を供給させたりしてきたのだからな。

しかし考えてみれば、ライオネル達も帝国の貴族出身なんだよな。

もしかすると戦鬼将軍を失った帝国って、実はかなり脆くなっているんじゃ……。

そこで急に何かが繋がっていく感じがした。

前に、ライオネルが未だに帝国にいるような話があったのを思い出した。

「ウィズダム卿は戦鬼将軍と会ったことは？」

「……ありますよ。私の身体に魔石を埋め込んだ張本人ですからね」

どうやら偽者はまだいるようだが、そのせいでライオネルの悪名が高まり、酷い事になっていそうだった。

「……ちなみにイエニスで私が購入した奴隷の中に、足の不自由だった奴隷がいたのを覚えていますか？」

少し考える素振りを見せたが、直ぐに頷いた。

「あのご老人なら覚えています。彼は私に親身になって声をかけてくれた方でした」

老人……確かに出会った時のライオネルは気力を失った老人みたいだったもんな。

俺は思い出して噴きそうになりながら、今の若返った彼を見たら、ウィズダム卿はどう思うのかを想像しつつ、真実を話すことにした。

「彼がその戦鬼将軍として名を馳せた、ライオネルですよ。今では私の従者としてイエニスにいますから、帝国にいるのは偽者ですよ」

「そんな馬鹿な！　確かにあの男はライオネル将軍と呼ばれていましたし、昔一度戦場で見た顔だったはずで……」

ウィズダム卿が取り乱すが、俺は話を聞いていたオルフォードさんにあるお願いをする。

「オルフォードさん、いきなりで申し訳ありませんが、私に変身していただけませんか？」

「……うむ。よかろう」

オルフォードさんは混合魔法である変身魔法で、俺へと変身した。

「これでよいか？」

似ているというか、見た目は完全に俺だった。

「ありがとうございます……。自分がもう一人いるって思うと不思議な感覚ですね。その魔法は誰でも使えるのでしょうか？」

「水と火の反対属性を混合出来る程の高位魔法士なら可能じゃ。ただ、混合魔法は使用中も常に魔力を消費してしまうから、長時間は無理じゃぞ？」

「ちなみにそれは他人に掛けることは出来ますか？」

「出来る……が、それが出来るとすれば、相当なイメージ力と高い属性魔法と魔力制御のスキルレベルが必要じゃな」

そう、ライオネルだという証拠が見た目だけであれば、何とでもなってしまうのだ。

「なるほど。それでウィズダム卿、いかがですか？」

「……信じられない。だが、それが本当なら……あの時、直ぐに鉄仮面を被ったのは」

どうやら心当たりがありそうだな。

それにしてもそこまで用意周到なら、ライオネルに監視がついていてもおかしくないと思うけど、師匠やライオネルがそれに気がつかないのも不自然だしな。

俺が聖属性魔法を使えなくなったのを流布させた人物も偽者の仲間なのだろうか？　頭を抱えるウィズダム卿に、本物のライオネルがどういう人物なのかを俺なりの視点で説明することにした。

「ライオネルは戦闘になれば仲間を守るために戦います。ですから常に先頭で戦いに挑みますが、騙し討ちや策略を好まない真の武人だと私は思っています」

「……あの御仁が本物？　だとするとあの男は一体？」

「偽者ということになるでしょう」

「………クソッ」

頭では分かっても実際に経験してしまっているので、きっとライオネルと会えば憎悪の感情をぶつけてしまうだろうな。

そんな混乱した彼のことを思いながらも、帝国が魔族と関わっていることを前提として行動してきた俺も、一度帝国について詳しく調べてみることを決意するのだった。

聞きたいことは聞けたので、今後について協力関係を結んでおくことにした。

「それでウィズダム卿はネルダールに滞在されるのですか？」

「ええ、その予定でしたが、私は自分の身体を治す手掛かりを求めてここにきたので……」

「それなら？」

「はい、目的を果たしてしまったので、こちらに滞在している理由がなくなりました」

「治して良かったんですよね？」

「勿論です。ルシエル様には感謝しかありません。今後も何かあれば、微力ですが精一杯協力させていただきます」

先程まで苦悩していた素振りはなくなり、彼には笑顔が戻っていた。

「ありがとうございます。ルーブルク王国に戻ったら、出来れば私は治癒士のジョブを喪失したのではなく賢者に昇華していたと、お伝えください」

「ええ。噂はルシエル様を陥れる策略だったと伝えますし、私の身体を見れば直ぐに納得もしてくれるでしょう」

彼はそう言って、再び笑うのだった。

この後、直ぐに地上へ戻る旨をオルフォードさんに伝えると、ネルダールへ来た魔法陣がある部屋まで送ってくれた。

「それではルシエル殿、三人を教会へと転送するぞ？」

「お手数をお掛けしますが、よろしくお願いします」

「うむ。任されよう。それで～なのじゃが……あれを分けてもらってもよいかの～？」

オルフォードさんが求めているものは直ぐに分かった。

「ええ」

俺はハチミツの瓶を取り出したが、もう一つの瓶も取り出した。

「二本もくれるのか？」

「残念ながら、もう一本には物体Xが入っています。もし魔物が近寄ってこようとしたら、飲ませてみてください。飲ませさえすれば、赤竜だって倒せますよ」

「……一応いただいておこうかの」

この後にオルフォードさんと魔通玉の魔力交換をして、ウィズダム卿とはいずれ地上のどこかで再会することを約束した。

「それではルシエル殿、今度来る際は儂ともハチミツ酒で乾杯しよう」

「はい。お世話になりました」

「ナディア君にリディア君。君達も魔法を探求する気があるなら、再びこの地を訪れるといい」

「はい。今度来る機会がありましたら、ぜひネルダールの町を案内してくださいませ」

「属性魔法も精霊魔法並みに使えるように頑張ります」

二人の言葉に、ネルダールへ来た時にも見せた好々爺という言葉が似合う笑顔の老人がそこにはいた。

「では、ウィズダム卿」

「必ずルシエル様が賢者へと至られたことをお伝えします」

オルフォードさんが魔法陣へと魔力を注ぐと、魔法陣が輝きだし、次の瞬間、光が俺達を呑み込んだ。

こうして長いようで短かった四ヶ月弱のネルダールでの生活が、終わりを迎えたのだった。

番外編　ブロドの葛藤とルシエルの噂

ネルダールへ向かうために旅立つルシエルを見送るブロドは、その後ろ姿に焦燥感を覚えていた。

本来ならば愛弟子の力になりたかったが、レベルやスキルを失った自分が足手纏いになってしまうことを誰よりも理解していた。

少しでも早く強くなりたいという欲求に駆られながらも、ギルドマスターとしての責務がそれを許そうとしない。

冒険者だった頃は討伐依頼や戦闘訓練に明け暮れる日々で、身体を休める暇もなかったが、それでも自由であり充実感もあった。

ブロドとその仲間達はそれぞれの目的は違ったが、実力のある冒険者になることを皆が常に意識していたし、切磋琢磨することで冒険者としての才能やセンスが磨かれていった。

そして順調に冒険者としての実力と経験を蓄積していき、気がついた頃には自他共に認めるトップ冒険者となっていた。

そんなある日のこと、分岐点となる話が彼に舞い込むことになる。

現役トップ冒険者への、ギルドマスター就任の打診である。

年々冒険者の死亡率が増加傾向にあったことから、少しでも死亡率を減らすため冒険者ギルド本部が打ち出した案が、それであった。

現役のトップ冒険者であれば指導される側の実力も向上し、危険な依頼に同行することで死亡率を下げることができると見込んだのだ。

その白羽の矢が立ったのがブロドだったのだ。

しかしブロドは、打診を受けるやいなや直ぐに拒絶した。

「俺は確かにトップ冒険者かもしれないが、あくまでも目標は最強になることだ。それなのに何故そんなお守りをしなくてはいけないんだ。それに俺たちがギルドマスターになったところで、うまくいくとは限らないぜ」

もちろん冒険者ギルド本部も直ぐに受け入れるとは思っておらず、説得は持続的に行われていた。

しかも本部が打診をかけていたのはブロドにだけではなく、他のトップ冒険者へも平行して行っていた。

その結果、本部の打診に応じた実力のある現役冒険者のギルドマスターが各地に誕生したのである。

だがそれは悪手であった。トップ冒険者がギルドマスターに就任しても死亡率は下がることなく逆に上昇し、依頼達成率も低下する支部が続出する事態となってしまったのだ。

名プレイヤーが名監督になれるわけではないのと同じで、冒険者としては優秀であった彼らが、ギルドマスターとしても同様に結果が出せる理屈はなかった。

ブロドの耳にも当然その情報は聞こえてきていた。

元々彼が懸念していた通りの結果ではあったが、その一方、地道な努力でこの地位にまでなった自分になら、後進を導くのも可能ではないかと考えるようになっていた。

そして最初の打診から二年後、仲間達と共に竜殺しを成し遂げたブロドは後進の育成のため冒険者ギルドマスターになることを決意する。しかし、ここで思わぬ事態に直面することになる。

それは魔物が強く、大きい金銭の出入りの多い冒険者ギルドの空きがなく、弱い魔物しか出ない聖シュルール共和国の冒険者ギルドにしか空きがなかったことだった。

ギルド本部も何とか出来ないかと動いていたが、こちらから頼んだこともあり、未だギルドマスター達のコントロールは出来ないでいた。

トップ冒険者が弱い魔物しか出ない聖シュルール共和国の冒険者ギルドマスターになる。当然、そんな実入りのすくない打診を受けることはないとギルド本部は思っていたが、ブロドは後進の育成に力を注ぐと決めていたので、そのまま了承してメラトニ支部の冒険者ギルドマスターとなってしまったのだ。

ブロドは冒険者ギルドマスターとなってから、その日をどうやって楽に生きるか、優遇されるからと実力が伴わないのに冒険者ランクだけを上げたがる、やる気も志もない冒険者が多くいることを知った。

そんな冒険者達の意識改革をしようと、訓練場で戦闘訓練や助言をする日々だったが、結局は向上心のある者達にしか受け入れてもらえなかった。

それでもブロドは腐ることなく、やる気のある冒険者が成長しメラトニ支部から巣立っていけるように支援を続けた結果、死亡率は低下し、依頼達成率は急上昇していった。

冒険者ギルド本部は、有能なブロドに苦戦している支部へ異動してもらおうと思ったのだが、ブロドがそれに頷くことはなかった。

その理由は冒険者ギルドマスターの時間を拘束するデスクワークにあった。

支部が変更されればそれだけ依頼件数も増え、デスクワークの時間が増えることが分かっていたからだ。

ストレスでしかないデスクワークを減らし、自己鍛錬と冒険者達の実力向上のために時間を使いたかったのだ。

それなのに、だ。

現在、冒険者ギルドを数ヶ月間留守にしただけで、ブロドが処理しなくてはいけない書類の山が幾つも出来上がっていた。

それを見たブロドは、ガルバとグルガーをギルドマスターの部屋へ呼び出した。

「おい、ガルバ、グルガー。お前達はサブマスターの権限があるのだから、この山を処理することは出来ただろう」

「ブロド、それでもかなり兄貴が処理しているんだぞ。それは鉱山が消えて再び出現したことや、グランドルからの連絡や報告書の催促ばかりだぞ」

「僕達はグランドルで何があったのかも分からないから、勝手に書くわけにはいかなかったんだよ」

ガルバとグルガーの言葉を聞き、ブロドが書類を見てみると確かにブロドが処理しないといけない書類ばかりだった。

「ちっ、少しでも早く力を取り戻したいのに……もうギルドマスターを辞めるか」

あまりにも身勝手な呟きだったが、ガルバとグルガーは慣れたようにブロドを椅子に座らせた。

「文句を言うのは自由だけど、その時間も手を動かした方が効率的だよ」

「本格的に鍛えるには俺の料理に頼ることになるのも忘れるなよ」

「あークソ！　分かったよ。やればいいんだろう。やってやるさ」

「それでこそブロドだよ。それで報告があるんだけど、どうする？」

「なんだ？　まだ他にも俺が処理しないといけないことでもあるのか？」

嫌な顔をしてブロドはガルバを見上げたが、ガルバは静かに頭を振った。

「まだ危険かどうかも分からないから、もう少し情報を集めてから報告するよ」

「ああ」

こうしてブロドはデスクワークに力を入れつつ、物体Xの原液を一日五食の食事毎に飲んでいった。

そして一ヶ月も経つ頃にはブロドが処理する書類はその日に上がってくるものだけになったのだが、ここでガルバから報告が上がる。

「イルマシア帝国とブランジュ公国で集団記憶喪失、そして各地で魔族の出現が報告されているらしい」

その報告を受け、ブロドの脳裏には邪神の姿がよぎったが、直ぐにその可能性を否定する。

邪神が関わっているのであれば、そんな回りくどいことをしないと判断したからだ。

「集団記憶喪失？　闇属性魔法の研究で失敗でもしたのか？　だが、それよりも魔族だと？」

「うん。ただ出現は確認されているんだけど戦闘した形跡がなく、噂もないことがどうも気になってね」

魔物と比べて魔族は頭が回るだけでなく、魔力と瘴気で強化されているのか強靭で、魔法の扱いにも長けている。

これがまだレベルとスキルを失う前であれば率先してブロドは魔族を探しに行っただろうが、今は返り討ちにされてしまう確率が高い。

「魔族か……対処することができるとしたら、お前とグルガーぐらいか」

「聖シュルール教会本部を探って協力者を探そうか？」

「いや、それよりも俺がレベルを上げた方がいいだろう」

「もしかして……」

「ああ、これからちょっと南東の森へ進んで魔物を狩って、レベルを上げてくる」

「一人で？　さすがにそれを認めることは……!?」

「頼む」

ガルバが認めないことはブロドも分かっていたが、ガルバが断ればギルドマスターを本当に辞める覚悟でブロドは頭を下げた。

「はぁ～、ある程度レベルが上がるまでは僕かグルガーが護衛するよ」

「さすがガルバだ」

「まぁギルドマスターが弱くて変な影響が出ても困るからね」

こうしてブロドは失った力を求めて魔物を探しながら鍛錬を続けていたのだが、そこへルシエルに神罰が下ったという噂が流れていることを耳にしたブロドは噂の出処を探る指示を出した。

そしてブロドはガルバの掴んだ情報を基に噂の出処を特定し、ガルバと一緒にその場所へと向かうのだった。

あとがき

『聖者無双九巻』を手に取ってくださった読者の皆様、いつもお世話になっております。最近、夢を見ることが多くなったブロッコリーライオンです。

夢の内容は様々なのですが、起きたら忘れている夢と鮮明に覚えている夢があります。

覚えている夢はいつか何かに使えるかもしれないと念のためメモしているのですが、覚えていない夢の内容の方がいつも気になっています。

ただ、そんな夢の内容を繋ぎ合わせた物語をいつか書くことが出来たら面白いかもしれない。

そんな妄想をする今日この頃です。

こんな性格をしているからなのか、普段から妄想や想像をすることも多く、有難いことに（？）物語のアイデアが閃(ひらめ)くことも結構あります。

しかし、自分の考えを文章にするのがとても苦手なため、どうすればうまく伝えられるのか考えている間に閃きの鮮度が落ちていくことも多々あります。

閃きの鮮度が落ちると、思い描いていた内容がどんどん変化していってしまい、物語に矛盾が生じてしまうこともしばしばで、使えなくなったアイデア達はメモ帳に刻まれ、メモ帳がどんどん賑やかになっております。

それでもいつか覚醒して、溜まったメモ達を活かす時がくることを常に妄想しております。

さて、このような内容のあとがきを書いた理由ですが、今回も初稿を編集担当のＩ氏に提出させていただいたら、いつものように校正、校閲されたものが返却されました。

誤字脱字、表記の揺れなど膨大な赤入れがあり、改めて編集担当のＩ氏を始め、校正、校閲してくださる方々がいるから物語が成立しているのだと謝意を示したかったのです。

もちろん他にも出版に携わってくださる方々、いつも美麗で優しさを感じるイラストを手掛けてくれるｓｉｍｅ様、文章から最大限キャラクター達を活かしたコミックスを描いてくださっている秋風先生にも感謝しております。

ご迷惑をお掛けすると思いますが、誠心誠意頑張りますので、これからもよろしくお願いします。

最後に、応援してくださる皆様がいるから続刊させていただいております。その応援に応えられるように頑張りますので、引き続き『聖者無双』をよろしくお願い致します。

ノッてるタジー！

世はトレジャーハンターたちの黄金時代。

幼馴染たちと共にハンターを目指したものの、何の才能もなかったクライ・アンドリヒ。

一度は夢を諦めようとした――のだが、才能にあふれる幼馴染たちのおかげで逆に高ランクのハンターになってしまった！

早く引退しないと死んでしまう……のに周りの皆が許してくれない!?

これは、一人の青年が円満引退を目指すだけの物語。

公式Twitterも
好評更新中!

@firststep_GC

GC NOVELS

聖者無双 9

サラリーマン、異世界で生き残るために歩む道

2021年8月7日　初版発行

■本書は小説投稿サイト「小説家になろう」(https://syosetu.com/)
に掲載されていたものを、加筆の上書籍化したものです。

著者
ブロッコリーライオン

イラスト
sime

発行人
子安喜美子

編集
伊藤正和

装丁
伸童舎

印刷所
株式会社平河工業社

発行
株式会社マイクロマガジン社
URL:https://micromagazine.co.jp/

〒104-0041
東京都中央区新富1-3-7　ヨドコウビル
TEL 03-3206-1641 FAX 03-3551-1208（販売部）
TEL 03-3551-9563 FAX 03-3297-0180（編集部）

ISBN978-4-86716-162-3 C0093

ファンレター、作品のご感想をお待ちしています！

宛先
〒104-0041
東京都中央区新富1-3-7　ヨドコウビル
株式会社マイクロマガジン社　ＧＣノベルズ編集部
「ブロッコリーライオン先生」係　「sime先生」係

二次元コードまたはURL（https://micromagazine.co.jp/me/）を
ご利用の上、本書に関するアンケートにご協力ください。

■スマートフォンにも対応しています（一部対応していない機種もあります）
■サイトへのアクセス、登録・メール送信時の際にかかる通信費はご負担ください。